인생

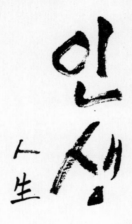

인생
人生

김지연 단편소설집

정출판

　부모와 자식간, 형제간 부부간의 사랑의 원천은 결국 연민憐憫이 아닐까 생각해 볼 때가 있다. 어떤 인연으로 얽혀져 남유다른 삶을 살았다 해도 상대가 내 분신에 버금대는 소중한 생명이라 해도 그 밑바닥에 엉기어 있는 끈적한 그 무엇은 서로를 안쓰럽고 아프게 바라보는, 심장께를 저미게 하는 연민이라 헤아려보는 것이다.

　따라서 혈육들이라 해도, 반평생을 해로한 부부라 해도, 이러한 원천적인 밑감정이 서로 간에 잠겨 있지 않으면 이익과 불이익 자기편의 위주의 현실적 판단으로 내 안의 타인他人과 다름없게 된다. 그래도 꿈틀대는 일말의 양심은 있지만 오래지 않아 망각하게 된다.

그러한 주제를 다루고자 했던 것은 아닌데 빚어놓고 보니 근원적인 흐름이 유사한 질그릇으로, 형성된 것 같으다. 〈봄날은 간다〉만 조물주가 희극적으로 창조한 여성의 본성적 감성을 다루어 보고자 의도했던 것이지만, 크게 눈떠 바라보면 궁극적으로 한 뿌리의 잔가지일 수도 있다.

사는 게 무엇인지 종심을 넘어서도 정곡을 찌를 혜안의 정답을 얻지 못했지만, 다만 세월 삼킬수록 사는 일이 소중하고 행복하다는 것이다.

일독을 바라마지 않는다.

2014년 7월

金 芝 娟

차 례

이승의 한 생生

이승의 한 생生

  바람의 일렁임도 없는데 고색창연한 단청지붕의 모서
리에 매달린 풍경이 운다. 보석알이 부딪치면 저런 소리
를 낼까 싶은 청명한 울림이 귓속을 간지럽힌다. 아니
다, 예리한 금속의 입자들이 서로 스치며 재그러운 소리
로 형성되어 심장 깊숙이 파고드는 것 같다. 아프다. 산
사의 적요함이 죽음처럼 깊어져서 일상의 풍경소리가
미묘한 울림으로 다가드는 것인가 쇠봉노인은 헤아려
본다.

  콧속으로 스머드는 분향 내음 역시 유별하다. 법당 내
에 번져 있는 은은한 향내가 무리지어 단숨에 폐 속으로

몰켜들듯 강도가 짙다. 폐장으로 흡입된 향이 염통으로 직입된 것처럼 명치 끝의 심장께가 연신 저리고 아리다. 그러나 심장통의 감각도 서서히 무디어져 간다.

"그만…가시요…이승의 한은…, 내세에 가서 푸시오…. 산감아재는… 극락왕생 할 것이요…"

공양주 보살의 소리인 듯도 주지스님의 소리인 듯도 싶다. 서낭당 당집이 떠오르다 참나무 버혀 내다 산노루와 뒹구르는 정경도 아슴아슴 떠오르다 스러진다. 눈물 콧물 범벅의 예닐곱살 사내아이가 짝불알을 달랑대며 논두렁 밭두렁 좁은 길을 어미를 부르며 휘젓고 다니는 모습도 떠오르다 스러진다. 스러져 간다.

일천구백사십 년 늦봄 한나절. 샛노란 햇살이 무더기로 쏟아지는 토담 아래에서 쇠봉이 때에 절은 누비 저고리를 벗어 이를 잡기 시작한다. 사철 입는 단벌의 누더기 저고리였지만 무명 속에 솜을 넣어 꼼꼼히 손으로 누벼 지은 겨울입성이다. 햇살 좋은 날 이 잡을 때 외에는 봄 가을 겨울 내내 입고 자고 놀던 저고리를 이날은 벗어버리기로 작정하고 흙담장 아래에 퍼지르고 앉은 것이다. 아홉 살의 쇠봉에게 여름에는 옷이 필요 없었다.

벌거숭이로 산이나 개울이나 들판으로 쏘다니지만 동네의 고만고만한 아이들도 여름에는 거의 모두 그렇게 벗고 살았다. 이제 누비저고리는 여름을 지나 선선한 바람이 몸을 오싹케 하는 가을부터나 입을 것이었다. 일년에 딱 한 번 옷을 씻는 날도 바로 벗는 날이었는데 그는 그냥 냇가로 들고 가지 않는다. 겨우내 그의 살 속 피를 먹고 탱탱해진 이나 서캐(이의 알)를 전몰시키고야 물속에 담글 작정이었다. 물속에 오래 불려 두거나 햇살에 바짝 말려 버리면 보담도 옷을 빨아 먹을 살도 없으니 굶어 죽겠지만 그러고 싶지 않았다.

쇠봉은 이잡기를 좋아했다. 누빈 옷 훔친 켜켜에 숨어 있는 허옇게 살찐 이를 끌어내어 양 엄지 손톱으로 톡 터트려 죽이는 맛이 기막히게 재미있었던 것이다.

"니가 내 살 묵고 살아 남을 줄 알았더나 — 올매나 처 묵었으모 뱃떼지가 똥장군 같애 가지고…, 어라이 이놈아 콱 뒈져라 —. 하이고 쌔까래(서캐)도 엄청나게 까냉네, 미엉(목화)밭 맨키로 송알송알 싸질러 났네—"

쇠봉은 이음새가 많은 저고리의 겨드랑켠을 뒤집으며 함성을 내지른다. 엄지의 두 손톱에는 핏물과 이의 살점들이 묻어 있고 서캐의 무더기도 손톱으로 모두어 터트린다. 톡톡톡 이의 뱃살 터지는 소리보다 서캐의 몸통 터지는 똑똑똑 소리가 더 재미있어 몸을 흔들며 키들거린다.

"하이고, 산돼지 같은 시커먼 머릿니도 있네! 옷에는 회색 이만 있어야제 머릿니가 와 있노? 그란데 이상타 말이다, 흰 옷에는 와 흰 이만 있고 까만 머리에는 왜 까만 이가 살제? 쌔까래는 머리고 옷에고 하얗던데…"

쇠봉이 고개를 갸웃거리며 킬킬 웃는다. 그러다 머리를 박박 긁는다. 머릿속이 스멀거리기 시작한 것이다.

그는 누빈저고리를 흙바닥에 활짝 펼치고 깎지 않아 귀밑까지 산발한 머리 속에 열 손가락을 넣어 박박 긁으면서 털어내기 시작한다. 하얀 누비저고리에 시커먼 머릿니가 투둑투둑 떨어졌다. 쇠봉은 연신 킬킬거리며 떨어지는 검은 이를 돌팍으로 집어내어 손톱으로 짓이긴다.

"내가 묵는 기 머 있다고 니놈들이 대가리와 몸띠에 악착같이 들러붙어 피를 빠느냐 말이다, 죽어봐라, 이놈아 죽어봐라—"

까악 까악 까악

울긋불긋 색실과 헝겊조각이 둘러쳐진 서낭나무 위에서 느닷없이 까마귀가 울어젖혔다. 머리를 털어내던 쇠봉이 고개를 쳐들며 "이노무 재수 읎는 까마구야— 내가 이 죽인깨네 섧다고 곡하나 — 울어라 울어라" 소리친다.

까마귀 두 마리가 나무 위에서 돌무더기 위로 내려 앉으면서 더욱 큰소리로 자지러지게 울어댄다.

"씨끄럽다, 고만 울어라 — 까치도 아닌 것이 와 자꾸 울어쌓노 —"

쇠봉이 돌을 주워 돌에다 침을 뱉곤 돌무더기 위로 날린다. 까마귀가 푸드득 날개를 털며 밤골 쪽으로 날아갔다. 쇠봉은 연달아 돌팔매질을 하다 소리를 내지르다 멈추곤, 흙바닥에 깔아놓은 저고리를 집어들고 집아래의 개울로 향해 뛰어내린다. 물속에 옷을 담궈 이와 서캐를 물먹여 죽이자는 생각에서다. 아랫도리의 홑바지가 바람맞은 풍선처럼 불룩해졌다가 달라붙는 등 잽싼 뜀박질에 춤을 춘다.

맑은 개울 물속에는 기다란 잎새가 뱀처럼 일렁이고 조개구름의 푸른 하늘이 둥둥 떠 있었다. 쇠봉이 얼굴을 비춰본다. 산발한 긴 머리가 얼굴 앞으로 쏠려 마치 강부잣집 삽살이처럼 물속에서 일렁인다.

저고리를 물속에 철석 담근다. 편편한 반석을 찾아 젖은 저고리를 돌팍에 패대기를 친다. 두 번 세 번 패대기를 치다 두 발로 지근지근 밟기도 한다. 물 먹은 이와 서캐를 죽이자는 목적이지만 이참에 때절은 옷을 씻기도 함께 하는 것이다. 오래 입어 닳아서 너덜너덜 해진 옷에서 검정 땟물이 발에 밟힐 때마다 물컹물컹 빠져나간다.

쇠봉은 홑바지를 입은 채로 물속에 뛰어든다. 늦봄이지만 초여름에 가까운 날씨여선지 개울물은 차겁지 않았다. 쇠봉은 산발한 머리를 물속에 처박듯 넣고 두 손톱을 세워 우둑우둑 긁는다. 머릿니가 물먹고 죽으라고 손아귀에 힘을 준다. 옷 속의 흰 이보다 머리 속의 검정 것이 더 분통터져 어미가 쓰던 참빗으로 싹싹 빗어내리면 훑어 낼 수도 있겠지만 그 빗을 잃어버린 지 오래다. 머릿속이 멧돼지 소굴이 되어 있을 것이라는 생각을 한다. 머리를 힘껏 흔들어대니 고개가 빠질 듯이 아프고 입속으로 들어간 물이 콧속으로 되흘러 시큰거리면서 눈물이 쏙 빠진다.

그때였다. 개울을 낀 밭둑 길에서 호통소리가 났다.

"저놈 봐라, 왜 저리도 머리를 흔들어 대는고? 물속에 처박히겠네, 야 이 녀석아, 너 거기서 무엇하냐?"

쇠봉이 고개를 쳐들어 돌아본다. 배낭을 메고 밀짚모자를 쓴 키가 장승처럼 큰 스님이 그를 내려다보고 서 있음을 보면서 퉁명스럽게 내쏜다.

"보몬 모리요? 머리 깜는 거."

"허, 그놈 소리 한번 퉁명스럽네! 네 집이 어디냐."

"와 묻십니꺼? 집 움씨모 지어 줄랍니꺼? 시님 가시던 길이나 가이소 —"

쇠봉은 다시 소리치곤 머리를 물속으로 박는다. 스님은 그러는 쇠봉을 유심히 바라보며 밭둑에 엉덩이를 놓고 털석 주저 앉는다.

"너 몇 살이냐?"

쇠봉이 다시 머리를 쳐들고 소리를 팩 지른다.

"참말로 할 일 읍는 시님이시네, 아홉 살입니더, 와예? 우리집 저기 서낭나무 밑에 있는 당집입니더, 됐습니꺼, 인자 말 걸지 마이소 —"

쇠봉은 고개를 쳐든 김에 손가락으로 코를 횅 풀곤, 두 팔을 쫙 뻗어 헤엄을 치기 시작한다. 스님이 쇠봉의 턱짓을 따라 서낭나무 켠으로 얼굴을 돌리다가 고개를 주억거린다.

"네가…, 천무당의 손자로구나… 집 나간 네 엄니는 돌아왔냐?"

쇠봉이 들은 척도 않는다. 그러자 스님이 말을 이었다.

"꼬마야, 너, 갈 데 없으면 중산리 무영사無影寺로 오너라. 내가 네 머리 깎아주고 거두어 줄테니… 가만, 네 이름이 뭐라 했더라?"

쇠봉이는 여전히 들은 척도 아니하고 개헤엄만 친다. 스님은 다시 이름이 무엇이냐고 좀더 큰 소리로 물었다.

"허허… 그 녀석 쇠고집이네… 꼬마야, 무영사 찾아오면 원주스님을 찾아라. 그럼, 나는 간다 ─"

스님이 일어나 승복자락을 털며 가던 길을 재촉했다.

쇠봉이 갑자기 스님을 불러세운다.

"시님요 ─ 지는 시님은 안 될끼고요, 머리는 시님 맨키로 싸악 밀어 뿌리고 싶은데요, 그렇키 해줄랍니꺼 ─"

스님이 돌아섰다.

"중은 안 된다면서 머리를 왜 밀려고 하는데?"

"시커면 이가 버글버글 한깨요. 머리칼이 엄쓰면 이도

몬산다 아입니꺼?"

스님이 웃었다.

"그거는 맞다, 그럼 그렇게 해라. 언제 머리깎으러 올래? 이름이 뭐라고 했더냐?"

쇠봉이 진정 못마땅하다는 듯 눈길을 아래로 깔더니 소리를 내지른다.

"참말로 그노무 이름 떡치게 물어쌌네 ─ 그래요, 내 이름 쐬봉알이요, 알짜 빼고 쐬봉이요 ─ 인자 됐십니꺼 ─"

"성이 쐬시냐? 소씨를 쐬시라 부르는 것이냐?"

"나는 그런 거 모립니더, 나는 성이 없대요. 어미도 내 성을 모린대요, 봉알(불알)이 짝봉알이라 쐬봉알이라 칸 대요, 짝봉알이 머땜에 쐬봉알인지 그것도 나는 모르니께 인자 더 묻지 말고 가시소…"

쇠봉은 갑자기 콧속으로 쩡한 통증이 뻗질러져 코를 실룩거린다. 그러다 닭똥같은 눈물을 후두둑 쏟아낸다. 원인을 알 수가 없었다. 무엇 때문에 성이 없고 이름도 없고 하필이면 불알 두 쪽이 짝짝이어서 그것으로 이름이 불리어진 것인지, 그 문제가 어미 아비 없이 혼자 살고, 먹을 것이 없어 매일 들판 산판을 헤매고, 동네의 새끼머슴을 사는 일보다 창피하고 더 서러운 것이었다.

스님은 얼굴이 시뻘겋게 상기되어 울음을 참느라 콧구멍을 벌름거리는 물속의 쇠봉을 가만히 바라보더니 긴 한숨을 뿜어낸다.

"쇠봉아! 언제든지 무영사로 오너라. 내가 성도 이름도 지어줄테니…"

쇠봉이 다시 발끈한다.

"중은 되기 싫타는데 와 자꾸 절로 오라카는기요. 시님, 지금 바로 지 머리 좀 밀어주모 안됩니꺼? 지가 집에 가서 정지(부엌)칼 갖고 올깨예."

쇠봉이 갑작스런 제안을 하자 스님이 잠시 생각에 잠기는 얼굴이 된다. 그러다가 고개를 크게 주억거렸다. 평소에 삭발도구를 갖고 다니지 않는데 이날은 마침 이런 인연을 만날 것처럼 바랑 속에 면도기 등이 들어 있었던 것이다.

"허허… 그래라, 나오너라. 너희 집 식칼은 안된다. 내가 깨끗이 깎아주마!"

들판 끝자락에 아지랑이가 아른거리고 있었다. 5월 중순께의 훈풍이 스님의 승복 소매깃을 날렸다. 스님의 면도칼이 가끔씩 햇살에 번득여 푸른 기운이 사방으로 뻗쳤다.

쇠봉의 숱많은 긴 머리가 천천히 젖혀지고 동글동글 반들반들한 맨머리통이 드러나기 시작했다. 두상이 여느 아이에 비해 큰 편이라 해도 아홉 살 아이의 삭발은 금방 끝이 났다.

"시님! 고맙심더. 밤이고 낮이고 너무 근지러버서 살 수가 움썼던 기라예, 머리가 길어서 눈도 찌르고 더웠는데 너무 씨원합니더! 숱이 많아도 머리가 무거운 줄은 몰랐는데 깎고 나니까 너무 개버워서 날라갈꺼 같심니더!"

쇠봉이 연신 두 손으로 두상을 만지면서 즐거워했다. 팔짝팔짝 깸짝을 뛰기도 했다. 스님이 삭발도구를 헝겊에 감으면서 빙긋이 웃었다.

"너는, 이제 중이 된거다… 언제라도 부처님께 오너라…"

스님은 배낭을 둘러메면서 가던 길로 접어 들었다.

"아무리 꼬시도 중은 안될낍니더—"

쇠봉은 키 큰 스님의 뒷모습을 향해 손을 흔든다.

"까치도 아닌 까마구가 되지게 울어쌌더니… 시님 만

날라꼬 그랬나보다…"

쇠봉이 혼잣소리를 내면서 땟물을 빼던 저고리를 집어 물속에 두세 번 더 휘젓곤 그대로 들고 집으로 향한다. 삭발한 맨머리는 날아갈 듯 가볍고 상쾌한데 왠지 가슴 한켠으로 바람이 드나들 듯 휑해짐을 느낀다. 스님이 할미인 천무당을 들먹이면서부터 얼굴 기억도 선명치 않은 어미라는 사람이 떠오르고, 그 생각이 머릿속에서 시종 감돌고 있었던 탓이다.

그는 터덜터덜 당집으로 들어선다. 집이라고 이름하기보다 움막 같으다. 울긋불긋 색실과 헝겊을 감은 서낭나무 아래에 웅크린, 서낭신을 뫼시는 당집이다. 서낭당신이 모셔진 방 한칸과 정짓간 그리고 엉덩이만 겨우 걸칠 수 있는 쪽마루가 전부인 초가인데, 그나마 할미인 천무당이 굿을 하고 살았을 적에는 집 모양을 하고 있었다. 그러나 천무당이 죽고 무당을 돕던 외동딸이 누구의 자식인지도 모를 애를 배슬러 낳고, 밤낮으로 읍내를 들락날락 돌아치다 쇠봉이 세 살도 되기 전부터 숫제 돌아오지 않으면서 당집은 폐가처럼 되어 버렸다.

할미가 죽고 여섯 살 먹은 쇠봉이 혼자 당집에 버려졌던 처음에는 동네 사람들이 혀를 차며 고구마 감자 따위를 들이밀어 그나마 연명했다. 나이보다 야무지고 앙팡스런 쇠봉이를 강부잣집에서 새끼머슴으로 데려갔었으나 쇠봉이는 한 달도 되지 않아 당집으로 돌아와 버렸다. 일이 힘들고 어른들의 호통이 무섭고 강부잣집 아들들과 동네 아이들의 '쐬봉알 쐬봉알' 놀려댐이 싫었던 것이다. 외롭고 배고팠지만 동네에서 떨어진 당집이 그래도 자유롭고 덜 무서워 어느 집에서 들어와 살라해도 가지 않았다. 어미라는 여자가 언젠가는 돌아올 것이라는 믿음이 있었기 때문이었다.

쇠봉은 흙담장 켠의 탱자나무 가지에 누빈 저고리를 걸어두고 정짓간의 무쇠솥을 열어 어저께에 삶아둔 고구마 두 개를 꺼내 우적우적 먹기 시작한다. 아침 겸 점심이다. 겨울에 얼어 썩은 물고구마라 물컹들큰하여 목이 메일 것은 없어도 터진 솥 밑구멍으로 들이친 불기운으로 불냄새가 나는 것이 언짢았다. 터진 무쇠 밑구멍에 반죽한 밀가루를 붙여 불기를 막으려 하지만 번번히 불은 새어들어 어쩌다 밥을 지어도 불냄새가 진동했다.

집안에 구멍난 곳이 밥솥만이 아니다. 서낭당이 뫼셔진 방의 천정은 몇 년 째 이엉을 얹지 않아 비만 오면 누르끼한 짚물이 새고 정짓간 천정에서도 비가 샌다. 구멍난 정짓간 천정으로는 참새도 드나들고 참새를 잡아먹는 집지킴이 구렁이도 드나든다.

쇠봉은 허벅지에 휘감겨 치덕이는 젖은 홑바지를 벗어버린다. 여름 한철 벌거벗고 살 일이 신명 났지만 그래도 올여름에는 집에서만 벗어야 될 것 같다. 작년 여름에도 동네 어른들조차 '쇠봉이 짝봉알 한번 보자'며 샅의 고추를 잡으려 했고 아이들은 졸졸 뒤쫓아 다니며 놀렸기 때문이다.

"똑같아 보이는데 와 짝봉알이라 카노 말이다."

아무리 고개를 숙이고 고추 밑의 불알을 보아도 똑같은 모양인 것 같은데, 그러나 폭염이 내리쬐는 한여름에는 한쪽은 계란같고 한쪽은 메추리알처럼 작은 것으로 감지되기는 했다.

"그렇키로 그기 머 우쨌다는 것꼬? 짝부랄이 지들한테 밥을 달라카나 죽을 달라카나 와 놀리는데?"

쇠봉은 투덜대며 방구석 궤짝 안에서 어민지 할민지 누가 입었던 것인지는 모르지만 무명 속바지를 꺼내 가위로 반토막을 잘라서 입어본다. 치마처럼 폭이 넓었지만 그래도 고추는 충분히 가려졌다. 쇠봉은 킬킬거리며 다시 집을 나가 뒷산으로 오르기 시작한다. 물고구마 두

개를 먹었어도 뱃속이 허전하여 찔레순을 꺾기 위해서다. 산에는 연초록 잎새들이 바람결에 합창하듯 차르륵 거리고 찔레꽃은 막물에 접어들어 꽃잎이 낙하되었어도 달큰한 향내를 한껏 내뿜고 있었다.

쇠봉은 찔레순을 한 아름 꺾는다. 우선 제일 큰 순을 골라 잎사귀만 떼어내고 껍질 채 와작와작 씹어먹는다. 잎이 세어버린 취나물과 늦고사리도 꺾는다. 먹을거리이기 때문이다. 쇠봉이의 주식은 산나물 칡뿌리 이삭 줏은 고구마와 감자, 논고동 물방개 메뚜기 미꾸라지 따위의 산야에서 얻을 수 있는 것들이다. 밥생각이 나면 모심기나 타작하는 집을 찾아가 아기를 업어주거나 잔심부름을 해주고 고슬고슬한 더운 밥도 얻어먹는다.

찔레순을 실컨 먹었는데도 쇠봉은 계속 허기졌다. 다른 날도 거의 언제나 배가 고프지만 이날은 더 유난스런 것이 아마 머리를 밀어버린 탓일게라고 그는 맨머리를 쓰다듬으면서 다시 산을 뛰어내린다. 상여집이 있는 설봉산 아래의 저수지로 가기 위해서다.

설봉산 기슭으로 귀신이 나온다는 오래된 상여집이 있고 그 아래로 수초가 많은 못池이 있었다. 못 주변으로 무논들도 많아 그곳으로 가면 우렁이와 물방개를 잡을

수 있고 무논에 이어진 논도랑을 파헤치면 미꾸라지도 건질 수 있었다,

쇠봉은 다시 당집으로 달려가 커다란 박바가지와 식칼을 들고 나왔다. 콧노래도 흥얼거린다. 면도로 밀어낸 머리통이 신기로울 정도로 너무나 가볍고 시원하여 채 머리를 흔들어도 본다.

저수지로 가려면 동네를 가로질러야 했다. 골목에서 혹은 동네 마당에서 만나는 사람들마다 눈을 동그랗게 떴다.

"하이고, 쐬봉이 새끼중 되었네! 씨언하게 잘 밀었다! 예사 솜씨가 아닌데, 누가 네 머리 밀어 주더노?"

"옴마, 옴마, 쐬봉이 중새끼 됐다! 맨대가리 됐다 — 새끼중, 까까중, 쐬봉알, 쐬봉알 얼래리 꼴래리…"

아이들이 쐬봉알에 새끼중을 덧붙여 놀려댔다. 쇠봉은 못들은 척 동네마당을 가로질러 달려간다. 놀리든 말든 머리가 시원하니 몸둥이 전체가 붕 뜨듯 뜀박질도 잘되고 기분도 계속 상승하여 놀림이 언짢지도 않았다.

못 가상자리를 빙빙돌며 물속에 눈을 박았다. 수초가 춤추듯 일렁이는 속에 새카만 물고둥이 앉아 있고 물방개도 헤엄쳐 다녔다.

쇠봉이는 아예 홑바지를 벗어 못 둑에 놓고 물속으로 들어가 그것들을 집어낸다. 잡는다기보다 손으로 집어 낸다 함이 어울릴 정도로 얕은 가상자리에서도 우렁이 와 물방개는 많았다. 금방 커다란 박바가지의 반을 채웠 다. 그러는 사이 쇠봉의 종아리와 허벅지에는 갈색의 거 머리가 서너 마리나 들러붙어 피를 빨았다. 그는 빠르게 물밖으로 나와 종아리에 들러붙은 거머리를 잡아 뗀다. 주둥이와 꼬리께를 살 속에 박은 채 쇠봉의 우악스런 손 끝에 몸통이 활처럼 휘어져도 잘 떨어지지 않아 쇠봉은 이를 물고 잡아챈다. 거머리를 떼어낸 자리에서는 피가 흘렀다.

"야, 이 쌔끼들아, 내 피가 그리도 맛있냐—"

쇠봉은 떼어낸 거머리를 패대기를 치며 소리친다. 그 리고 나선 김에 주변의 무논으로 들어간다. 다른 논에는 이미 못자리(볍씨 파종)를 만들었는데 이곳 무논들은 작 년 벼 베어낸 자리 그대로였다. 쇠봉은 이 빠지고 녹슬 은 식칼을 휘두르기 시작한다. 다시 신바람이 오르기 시 작했다. 벼 베어낸 자국의 옆으로 빗금치듯 금간 곳을 살펴보면 구멍처럼 홈진 데가 있고 그 구멍에 칼 끝을 찔러보면 따글따글 소리가 났다. 우렁이가 있다는 신호였다. 그러면 홈진 곳 주변을 식칼로 뒤집었고, 거기에는 어김없이 논고동 너댓 마리가 보물처럼 불거졌다. 구멍 하나에 한 마리인 경우는 거의 없었다. 구멍이 우렁이의 숨구멍인지 집인지 최소한 두 마리 많으면 대여섯 마리가 나오는 수도 있었다. 쇠봉은 식칼로 구멍을 뒤집을 때마다 환호성을 내질렀다. 함지만한 박바가지가 우렁이와 물방개로 가득채워지자 그는 그것을 안고 다시 당집으로 달린다. 그것들을 한시바삐 삶고 구워먹을 생각에 발바닥이 땅에 닿는 것 같지 않았다.

　우렁이는 땜질한 무쇠 솥에 삶고 물방개는 아궁이의 밑불을 긁어내어 구웠다. 삶아낸 우렁이는 대꼬챙이로 몸통을 돌려 빼내 소금에 찍어먹고 노릿노릿 구워진 물방개는 볼록한 뱃대기가 입안에서 톡 터지며 고소한 맛을 듬뿍 안겼다. 쇠봉이는 삶은 우렁이며 구운 물방개로 허전한 뱃속을 한껏 채웠다.

　"히히… 내만 부지런하모 배고플끼 읎는기라, 물컹물컹 썩은 물고구마와 찔레순에도 허전턴 뱃때기가 괴기로 꽉 채운기라! 아, 배부르다! 낼은 논 또랑에서 미꾸라지도 잡고, 작년 김장배추 도려낸 밭에서 배똥구리(배추뿌리)도 캐서 쩌묵고, 좀 세었겠지만 들쑥도 씨뿌쟁이도 빼뿌쟁이도 캘끼다!"

　쇠봉이는 바른손으로 불룩한 배를 찰싹찰싹 두드린
다. 그리고 햇살이 낮종일 부서져 내리는 쪽마루에서 입
을 찢어지게 벌리고 긴 하품을 한다.

　쇠봉이 지리산 대원사를 찾아든 것은 열네 살 적. 사
람들은 해방이 되었다고 희희낙락 모두들 들떠 흥분했
으나 쇠봉은 해방이 무엇인지 영문을 알지 못했다. 다
만, 동네에서 효험없는 서낭나무를 제거하고 무허가의
당집을 없앤다는 소문이 떠돌아, 그는 아홉 살적 냇가에
서 머리를 밀어준 중산리 무영사의 원주스님을 찾아갔
다. 그러나 스님은 강원도 운지사로 떠나고 없었고, 무
영사의 주지승은 쇠봉을 쉽게 받아들이지 않았다. 쇠봉
의 눈빛에 야생의 기운이 뻗쳐있어 좋은 연緣이 되지 않
을 것 같다는 예감이 이유였다.

　쇠봉은 다시 지리산의 여승 암자인 대원사로 찾아 들
어 사찰의 산림과 농사를 관장하는 산감 겸 절 머슴으로
안착했다.

　그는 호적도 성도 이름도 없어 어디를 가든 사회적 인
간대접을 받은 적이 없었다. 쇠봉을 몸종처럼 부리던 강

부잣집 두 아들이 군에 입대할 때도 그는 족보가 없어 징집호출을 받지 않았다. 산청군 삼장면의 암자에서 살고 있지만 기록에는 어디에도 없는 사람이었다. 살아도 살지 않는 사람이었다. 그는 그러한 자신의 현실에 의외로 절망하지 않았다. 통탄함보다 웃도는 기분은 완벽한 자유스럼에의 희열이었다. 울창한 숲속의 수만 그루 나무 중의 한 그루 나무가 자신이라고 생각했다. 대지와 물과 하늘을 누비는 생명 있는 모든 만물 중의 하나로 세상에 태어나, 원천적 자유를 누리는, 자연의 한 부분인 자신은 진정 복받은 존재라고 생각했다.

나무는 땅속에 박혀있어 그곳에서만 삶을 다하고 산동물은 자유롭되 말을 하지 못하며, 불공 올리려 찾아오는 수많은 중생들의 사연은 하나같이 제도권에 기인된 인생극으로 다난多難하고 고달퍼 보였기 때문이다.

쇠봉은 갑년甲年에 이르는 당금까지도 절 밭 절 논 절 산 숲에서 생명을 키우고 보호하고 생명들과 뛰놀며 야생의 산판 들판을 돌아쳤다. 그 삶이 즐거웠다. 하고 싶으면 일을 하고, 하고 싶지 않으면 몇 날 며칠이고 일손을 놓았다. 암자의 비구니들 그 누구도 그를 간섭하지 않았다. 간섭하면 어디론가 훌쩍 떠났다가 또 어느날 훌쩍 돌아오는 그를 절 사람들은 바람낭인이라 부르며 내버려 두었다. 절에서는 그에게 세 끼의 공양과 사철 입을 옷과 잠 잘 방을 제공할 뿐 세경이나 품삯 따위로 그를 구속하지 않았다.

산에서 그는 송이도 따고 석청도 따고 산배 산밤 고염 다래 머루도 따고 칡뿌리도 캐먹고 나무들과 쉬임없이 대화하고 노래하고 노루와 청솔 따위와 키득거리며 뒹구는 재미로 그는 매일이 황홀한 삶이었다.

어른팔로 두 아름이 되는 거대한 참나무를 베기 전에, 쇠봉은 참나무를 끌어안고 울었다. 암자 인근의 고목인 이 참나무는 매년 조금씩 고사되므로 하여 유독 쇠봉의 보호와 연민을 한몸에 받았던 수목이었다.

그런데 암자에서는 주례 종회에서 숯을 만들기 위해 수명이 다해가는 이 참나무를 베기로 결정했다며 산감에게 도움을 요청했고 쇠봉은 그럴 수 없다고 했다.

그러나 총무스님을 비롯한 암자의 모든 비구니들이 숯을 만들어야 하는 힘든 상황을 설명하며 간절하게 소망하여, 그는 어쩔수 없이 그들의 청을 들어주기로 했다.

쇠봉은 태풍에 반쯤 기울어진 노후한 참나무의 밑자락

을 쇠톱으로 베며 연신 미안하다는 말을 읊조렸다. 그리고 참나무가 뿌지직 뿌지직 비명지르듯 무너지는 소리를 들으면서 그도 나무와 함께 무너졌다. 참나무가 쓰러지는 방향의 곁가지에 머리를 심하게 부딪치면서, 그는 낙엽이 지북한 곳에 몸을 놓아버린 것이다.

향내는 여전히 그윽했다.

"산감아재… 이제 다 내려놓고… 훌훌 떠나시오… 아재는…극랑왕생 하실 것이요…"

누구일까… 쇠봉노인의 눈귀에 비죽여진 물기를 수건으로 따독따독 눌러주며 옆에 있어주는 사람들이. 스님일까 보살일까.

풍경 소리는 점차 멀어지고… 발가벗은 사내아이의 영상이 꿈결로 스치듯 흘러가자 목탁 소리가 이어졌다. 주지스님의 염송이 이어지듯 끊어지듯 그러나 그 소리도 아스라이 스러져갔다.

〈終〉

옴마

옴마

봄날 꽃밭의 노랑나비처럼 화사하게 차린 여자가, 소
파의 구석 켠에 항아리처럼 놓여 있는 진주댁을 흘끔 스
쳐보곤, 현관문을 소리나게 닫고 나갔다. 마지막으로 집
을 나간 사람이다.

진주댁은 그제서야 상체를 꿈틀거리며 작은 몸뚱이를
일으켜 소파 위로 기어오른다. 비로소 숨을 내쉴 수 있
는 당신의 세상이 된 것에 희벌쭉 볼을 실룩이며 가슴께
를 편다. 이어 두 다리를 소파 위로 끌어 올려 양반 앉음
새를 만들며 여느 날 아침 녘처럼 맞은 켠 액자 속의 노
인을 바라본다. 다섯 사람이 옹기종기 어우러져 미소를

머금고 있는 액자 속 중앙부의 여인을 응시한다. 아무리 두 눈 부릅뜨고 살펴보아도 젊고 아름다운데 아들은 그네가 바로 어머니 당신이라고 했다.

어저께와 그저께에도 그러했듯 진주댁은 속바지 주머니에서 손거울을 꺼내 사진 속 여인과 자신의 얼굴을 비교한다. 어림없다. 사진 속 여인은 검정 머리에 갸름하고 단아한 모습인데 손거울 안의 여자는 백발에 그나마 탈모하여 붉은 살갗이 드러나고 쾡하게 꺼진 눈과 함몰된 입술 거기다 주름이 빈 곳 한군데 없이 짜르락 깔려 있다. 마귀할멈 같다. 사진 속 여인이 슬픈 눈으로 자기를 바라보는 듯하여 진주댁은 고개를 외로 꼰다.

'내가 아니야… 아들이라 말하는 이 집의 착한 사내가 거짓말 한 것이여. 늙어 쭈그러진 원숭이의 얼굴처럼 왜소하고 초라한 이 낯짝이, 저렇듯 우아한 여인과 같은 인물은 아닌 거여' 그러나 나쁜 기분은 아닌 듯 진주댁의 볼이 경미하나마 벌쭘거린다.

그때, 별안간 현관문이 거칠은 소리를 내며 벌컥 열리더니 좀 전에 나갔던 여자가 후다닥 다시 들어 왔다. 곧장 안방으로 들어가 스마트폰을 바른손에 들고 나오다 소파에 엉거주춤 엎드려 있는 진주댁을 돌아보며 "나도

당신처럼 되려나봐" 했다. 그러다 두 눈을 벌려 뜨며

"어쭈, 소파에 올라 앉으셨어? 발을 씻든가… 양말이라도 신든가, 더러운 발로 쿠션 다 버려놓잖아— 내숭스럽기는…"

여자가 큰소리로 내뱉곤 현관문을 다시 쾅 닫고 나갔다.

진주댁이 미처 소파에서 비껴 구석진 당신 자리로 내려 앉을 겨를도 놓치고 당황하여 두 다리만 소파 아래로 내리는데 여자는 속사포처럼 이미 현관 밖으로 나갔다.

진주댁은 컹컹대는 가슴에 손바닥을 붙이며 여자가 나간 문 켠을 바라본다. 또 들어설 것 같아서다. 여자는 진주댁에게 집안에서 가장 어렵고 무섭고 긴장감을 주는 사람이다. 집안에 다른 사람이 없을 때는 사뭇 공포감이 느껴지는 사람이다. 아들은 그 여자를 진주댁의 며느리이고 당신의 아내이며 손자들의 어미라고 했다. 낯설기로는 아들이라는 사내와 손자라는 두 아이와도 별반 다를 바 없지만 그들과는 많이 다른 여자 면전에서는 전신이 위축되고 경직되는 신체적 증상을 겪는다. 왜 그러한지 연유를 진주댁은 알지 못한다.

진주댁이 세상살이의 제반사와 단절된 것은 작년 10월

하순경 부터이다. 그러니까 정확히 일곱 달 조금 더 되었다. 아들 내외가 출근하고 손자 형제를 등교시킨 후 언제나 그러하듯 설거지를 하기 위해 주방으로 향하다가 거실의 차탁 앞에서 스르르 주저앉아 버렸다. 현기증을 느낀 것도 아닌데 전신이 마비된 듯 마음대로 몸을 움직일 수가 없었다. 심장이 공포감으로 벌름거려 진주댁은 가까스로 차탁 위의 전화로 아들을 불렀다. 그리고 의식을 잃어버렸다.

진주댁이 눈을 떴을 때는 쓰러진 날로부터 사흘 후, 병실 침상에서다. 사람들이 그녀를 둘러서 내려다 보며 한꺼번에 소리를 질렀다.

"어머니— 할머니—"

진주댁은 뜨아한 표정으로 그들을 멍하니 바라보기만 했다. 낯설었던 것이다.

"어머니! 나 아범이에요! 알아보시겠어요? 어머니, 저 어미예요, 할머니 나 현찬, 나 민찬—"

그녀를 둘러 선 사람들은 다투어 고개들을 내밀었다. 진주댁은 여전히 그 어느 누구도 알 수가 없었다. 자신이 누구인지도 판가름이 되지 않았다.

의사가 왔다. 한숨 잘 주무시고 깨셨냐며, 여기 모인

사람들 모두 할머니 가족들이라고 했다. 점차 기억이 돌아올 것이라며 사람들을 모두 밖으로 나가게 했다.

그런데, 일곱 달이 지났어도 가족들은 물론 자신이 누구인지 친척, 지인 그 어느 누구도 기억하지 못했고, 아울러 자신의 일상사와 함께 식욕도 의욕도 언어도 상실해버린 상태가 되어버렸다. 당신의 천직이던 가사 돌보기며 손자 챙기기며 부처님 경전 읽기며 베란다의 화분에 물 주기 등 제반 일에서 슬그머니 손을 놓아버렸다.

의사는 말했다. 진주댁의 병명은 뇌 촬영 결과 뇌수두증과 전측두엽퇴행이 혼합된 치매癡呆라고 했다. 치매증상을 유발하는 원인질환을 세분하면 70여 가지에 이르고 '알츠하이머 병'과 '혈관성치매'가 가장 많지만 두개강 안에 많은 양의 뇌척수액이 괴어서 인지기능과 언어기능이 저하되고 신체장애까지 오게 되는데, 거기다 퇴행성의 전측두엽까지 동반되는 양상은 흔치 않다고 했다. 뇌척수막 사이나 뇌실 · 척수내강에 물(림프액)이 많이 고이는 원인은 아직 밝혀지지 않았지만, 치료법은 뇌를 절개하여 뇌와 척추에 튜브를 연결시켜 림프액이 순환되게 하는 것이 가장 최선의 요법이라고 했다.

발병하던 날 전신에 일시적 마비증상이 왔을 때도 척

추로 뇌 속의 물을 빼내면서 몸은 풀렸지만 의식을 잃었던 것인데, 실제 물은 뽑아낼수록 더 자주 차게 되어 뇌의 전 기능이 빠르게 저하될 수 있으므로 수술적 순환요법이 최선이라고 했다.

뇌 촬영상에 나타난 증상은 실제 놀라웠다. 뇌 중앙부로 깨트리지 않은 커다란 명란젓 크기의 검은 영상이 시커멓게 가로 누워 있었는데, 그것이 점차 증대되고 무거워져서 뇌의 전 기능을 상실시키며 급기야는 저능아의 상태로 대소변의 인지까지 상실하게 될 것이라 했다.

아들은 연일 눈물바람을 하며 진주댁의 수술을 결심하기에 이르렀다. 그러나 의외로 주치의사는 적극적이지 못했다. 수술을 한다고 상황이 호전되리라 기대함은 무리이고, 다만 현재의 상태를 조금 더 유지하는 정도의 성과만 볼 수 있을 것이라고 했다. 원인은 수두증뿐만 아니라 전측두엽의 퇴행까지 복합되어 있기 때문이라 했다.

며느리의 수술 반대도 적극적이었다. 일흔이 넘은 노인에게 그나마 현재의 상황을 유지하거나 자칫 그르칠수도 있는 난해한 수술을 굳이 큰돈 들여 감행할 필요가 없다는 것이 그녀의 주장이었다.

그러나 아들은 노모가 이상 더 악화되길 원치 않았으므로 어렵지만 최선을 다해 시술해 줄 것을 의사에게 간곡히 부탁했다. 그런데 당사자인 노모의 거부반응이 완강했다. 아들과 의사 사이에 수술 운운의 말이 나오면 고개를 채머리 흔들듯 두 팔을 내저어 싫다는 반응을 분명히 했다. 아들의 팔을 붙들고 머리를 절개하지 말아달라는 손동작과 함께 기음을 발했다. 전신을 경련하듯 떨고 충혈 된 두 눈에 눈물까지 머금었다.

"아, 알았어요, 어머니… 수술하지 않을게요, 그럼, 약과 식사는 절대로 거르시면 안 돼요. 아셨지요?"

아들이 노모의 어깨를 감싸 안으며 곡기를 끊듯 하는 그녀 앞으로 흰죽 그릇을 당겨 수저를 쥐어주곤 했다.

결국 당사자인 환자의 간절한 반대와, 시술해도 큰 효과를 얻지 못한다는 의사의 담담한 낯빛에 아들은 수술치료는 접기로 하고 집안도우미 겸 간병인을 구했다.

그러나 시간제로 구한 간병인은 출퇴근이 일정치 않았고 집안은 점점 어수선해졌다. 맞벌이 아들내외를 위해 집안 살림을 도맡아 살고 손자들의 일상까지 챙겨주던 진주댁의 발병은, 집안의 질서며 뿌리를 뒤흔들어 놓았고 손자들은 매일 아우성을 쳤다. 그러한 상황도 시간이 지나면서 그런대로 적응이 되어갔다. 깔끔하고 평화롭던 예전의 집안 분위기는 없어졌지만 어지럽고 서툴고 빈 채로 일상은 유지되었다.

주말에는 온가족이 대청소를 하고 식탁에는 거의 반찬가게에서 사들인 음식으로 채워지고 손자들은 자유방만해졌지만 하교 후 전전하는 학원들은 요행히 잘 다녔다. 끊임없이 간식 챙겨주고 간섭하고 보살펴주던 단아하고 자애롭던 할머니가, 머리숱이 빠진 엉성한 백발에 핏발선 붉은 눈과 숫제 의치를 빼버려 함몰된 입술에 심하게 쭈글진 얼굴을 하고 소파 구석에 박혀 앉아 있거나 당신 방구석에 웅크리고 누워있음을 보면서, 초등학교 3학년짜리 작은 손자는 할머니가 갑자기 귀신이나 마귀 같다고 울음을 터뜨린 적도 있었다. 그러나 저들을 낳아준 엄마보다 키워준 할머니에 더 의지해 살아온 탓인지 특히 작은 손자는 진주댁을 동정했다. 억지로 할머니를 식탁에 끌어 앉히고 식은 죽을 레인지에 덥혀 먹도록 한다거나 과자나 아이스크림을 사면 나누어 주곤 했다.

"할머니 나 진짜 몰라? 작은 강아지 민찬이야— 진짜 할머니 자기 이름도 몰라? 박정자 여사야. 박정자, 따라 해 봐."

진주댁은 아이의 얼굴을 물끄러미 바라보기만 했다.

그러나 6학년의 큰아이는 달랐다. 냄새 난다 식탁에 앉지 마라, 세수해라, 눈꼽 떼라, 원숭이 같으니 의치 빼 놓지 마라, 옷 좀 바꾸어 입으라, 발 좀 씻으라, 할머니 는 천치 바보 멍청한 짐승 같애—, 밖에 절대 나가지 마 창피해— 하고 싶은 말을 다했다.

그러나 집 안에 아무도 없고 진주댁만 소파 구석에 웅 크려 있으면 죽 그릇에 숟가락을 꽂아 먹으라고 갖다 주 기도 했다. 가끔 큰손자의 불손한 말투에 아들이 아이를 엄하게 나무라고 더러 종아리에 매질을 하는 경우 진주 댁이 괴성을 지르며 아들을 만류했다.

"정말, 하루도 편한 날이 없어— 치매는 국가에서 치 료해 준다던데, 요양원으로 보내자구요—"

그날도 큰아이를 나무라는 남편을 향해 며느리가 짜증 섞어 말했다. 진주댁이 소파 구석에서 불안한 눈빛으로 그들을 바라보고 앉아 있는 면전에서 큰소리로 거침없 이 그렇게 말했다.

아들이 얼른 진주댁의 표정을 살피면서 며느리의 손을 잡고 방으로 들어갔다.

"당신 왜 그래, 어머니 앞에서"

"어때요, 들어도 무슨 소린지 알지도 못하는데—"

"아시는지 모르는지 당신이 어떻게 알아? 어떻게 당신까지 점점 어머니께 함부로 하는 거야? 우리에게 어떤 어머니신데 함부로 대하는 거야? 우리가 이만큼 사는 것도 어머니가 살림 맡아주고 아이들 키워준 덕분 아니냐구. 수차 말했지만, 나는 어머니를 요양원에 보내지 않아, 요양원에서 살아 나오는 사람 보지 못했어. 요양원에 보내는 것은 어머니를 바로 폐기하는 것과 다름없으니까, 나는 절대로 우리 어머니를 버릴 수 없어— 여보! 부탁한다, 이제 그런 말 더는 하지 마—"

아들은 감정이 격해 오르는지 꺽쉰 음성으로 거칠게 말하곤 방문을 열고 나가버렸다. 며느리가 반사적으로 쏟아 놓을 다음 말들을 듣지 않기 위해서였다.

"자신은커녕 아들도 손자도 알아보지 못하고 감정도 감성도 느끼지 못하는 목석같은 노인인데, 오히려 비슷한 사람들이 모여 있는 요양원이 본인에게 가족들에게 나을 것 아니냐구— 점차 대소변 인지도도 없어진다는데, 간병인은 10여 일에 고작 한두 번밖에 다녀가지 않는데, 누가 치우란 말이냐구— 옷을 벗으려 들지 않으니 속옷은 지린내로 쩔어 코를 찌를 정도이고, 도무지 씻지

를 않으니 온 집안이 비위생적으로 전염병이 돌 것 같단
말예요—"

　방문을 거칠게 닫고 밖으로 나왔으나 아내의 속사포
같은 말들이 한 자도 틀리지 않고 고스란히 귓속으로 박
혀들었다.

　아들은 서둘러 집안 대청소를 끝내고 진주댁을 화장실
로 부축하려 들었다. 진주댁이 버둥거렸다.

　"어머니, 제발 씻어야 해요. 그래야 손자들이 좋아하
지요. 자, 저하고 씻자구요."

　아들이 땀에 젖은 얼굴로 소파 구석의 진주댁을 안아
들고 욕실로 향한다. 정작 욕실 바닥에 몸체가 놓여지
자 진주댁은 다소곳해졌다. 아들이 노모에게 걸쳐진 상
하의가 붙은 헐렁한 옷을 머리 위로 벗겨내자 뼈와 가죽
뿐인 살갗이 드러났다. 보기가 민망할 정도로 앙상했다.
3주만에 몸을 씻겨주는 셈인데 그간 너무 야위어졌다는
생각에 아들은 명치께가 쩌엉해져서 잠시 눈을 감는다.
그러다 두 눈을 부릅떴다. 피골이 상접할만큼 야윈 것도
놀랍지만 무릎께며 엉덩이께며 등허리 등에 퍼져있는
푸른 멍자국을 보았기 때문이다.

　아들은 서서히 차오르는 분노를 느낀다. 지난 주말에

는 당직으로 회사에서 근무했던 터라 아내 아니면 간병인이 목욕을 시켰을 것인데, 어떻게 해서 생긴 타박상의 흔적들인지 담박에 소리쳐 물어보고 싶었다.

그러나 아들은 일단 참는다. 수건에 비누를 문대어 노모의 몸 전체를 고루 닦아준 후 미지근한 물로 비눗물을 씻어낸다. 특히 샤워기로 백발의 머리와 항문께 등을 고루 씻어주고 마른 수건으로 부드럽게 살갗을 눌러 닦아준다. 노모의 표정에 평온함이 돌면서 아들이 내미는 속옷을 구부정한 자세로 입었다. 그러나 거실로 나선 노모는 다시 소파 구석으로 찾아 들어가려 했고 아들은 그런 노모를 붙잡는다. 그리고 소파 위로 힘주어 노모를 앉게 한다.

"제발 어머니, 여기가 어머니 자리예요. 예전처럼 여기 소파 위에 앉아서, 저 텔레비전을 보는 거야, 이렇게 말이요. 그리고 힘들면 이렇게 여기에 드러눕는 거야, 알았어요? 저 구석으로 내려가면 안 된다구요."

자꾸만 구석 켠으로 쏠리는 노모의 몸을 소파 위에서 움직이지 못하게 하자 노모는 몇 번이나 주방 켠에서 서성대는 며느리의 모습을 옆 눈으로 살폈다.

아들은 또 다시 낭패감 비슷한 감정을 느낀다. 타박상

자국을 만든 사람이 아내라는 감을 다시 갖게 되지만 섣
불리 말을 꺼내지 못한다. 노모의 면전에서 또 다시 큰
소리를 내면 어머니에게 불안감을 줄 것 같아서지만, 무
엇보다 노모의 문제로 아내를 계속 예민하게 만들고 싶
지 않았던 것이다.

그러나 모른 척 묻어버리기에는 멍자국들이 너무 컸고
큰 상처만큼 그의 마음이 탔다.

그날 밤, 잠자리에 들기 전에 그는 아내에게 지나가듯
말을 꺼냈다.

"지난주에는 어머니 목욕을 간병인이 해드렸나?"

"글쎄요, 여자가 오다 말다 하니까 잘 모르겠네, 왜
요?"

"어머니 몸에 멍자국이 많더라구. 어디 부딪친 것인
지, 목욕탕에 미끄러져서 생긴 것인지 궁금해서"

"부딪친 것이겠죠. 소파 구석에 앉았다가 집안에 사람
만 없으면 소파로 부르르 올라가고, 어떨 때는 냉장고
문을 열었다 닫았다 수십 차례 반복하고, 혼자 화장실에
들렀어도 얼마든지 부딪칠 수 있으니까."

"그럴 수도 있겠군…. 간병인이 많이 바쁜가? 일주일
에 두 번만 와도 주말에는 우리가 돌봐드리고 그런대로

커버가 될 것 같은데…"

"일이 많아서 일주일에 한 번 오기도 힘들다고 하더라구요."

"간병인을 바꾸어야 하겠군…. 당신에게 미안하지만, 어머니께 좀 더 신경 써주어요. 어쩌겠소 부모님이신데…. 지금까지 우리 살림 다 맡아 하시면서 아이들 키워주셨는데…. 당신 알다시피 나에게는 어머니가 내 생명보다 더 소중한 분이잖소…."

"그만해요, 청상에 혼자 되어 더구나 유복자로 태어난 당신 하나 키우면서 수절하고 살아왔다는 말, 천 번도 더 들었네요. 부모 소중하지 아니한 사람 없다구요, 알았어요. 그만 자요."

놀랍게도 아내는 더이상 이야기를 끌려하지 않았다. 아니 반박하려 들지 않았다. 아들은 그것 자체만으로도 다행이라 생각하며 한숨을 잦힌다.

다음날, 아들은 간병인에게 바쁘시더라도 거르지 말고 어머니를 잘 좀 보살펴 달라고 부탁을 했다. 그러나 의외의 말을 들었다. 일주일에 두 번씩 들리는데 부인이 일주일에 한 번씩만 오게 하더니, 한 달여 전부터는 요양원에 갈 것이니 들릴 필요가 없다고 했다는 것이다. 덧붙여서 노인 스스로 화장실을 이용하고 손발을 씻도록 훈련이 되어야 하므로 온갖 시중을 다 들어주는 간병인의 손길은 오히려 환자에게 도움이 되지 않는다고도 했다는 것.

아들은 조금은 아연한 기분이 된다. 어떤 방법으로든 노모를 요양원에 보내버리기 위한 아내의 책략임을 깨달으면서 낭패감에 젖는다. 그러나 일단 간병인에게 의무적인 일수는 지켜야 할 것 아니냐며 종전대로 아파트에 들러 노모를 도와달라고 부탁한다.

요양원 입소는 보류하고 있다는 말로 그나마 아내의 입장을 세워준다. 간병인은 알았다며 부인에게 확인시켜 달라고 했다.

아들은 간병인과 통화를 끝내고 한동안 자리에 앉은 채 움직이지 않았다. 간병인의 방문이 이미 한 달 전에 중지되었다면 피골이 앙상한 노모의 몸뚱이에 서린 멍자국에 대한 의혹이 다시 불거졌지만, 머리를 저었다. 걸음이 온전치 못해 이곳저곳에 부딪쳐 발생된 타박상이리라 생각했다. 그러나 그 형상이 심하여 여전히 가슴이 탔다.

아내에게 간병인이 다시 들르게 되었음을 말하자 그

녀는 천연덕스럽게 "오, 이제 시간이 난대요? 다행이네"
했다. 표정 한가닥 변하지 않았다. 아들은 더는 반응을
보이지 않는다. 따지고 들어 그녀의 거짓을 드러낸다 해
도 결과는 노모에게 이로울 것이 없다는 생각 때문이었
다. 아예 그녀의 책략을 들추어내다 보면 이판사판 싸움
판이 벌어질 것이고, 그렇게 되면 아내는 터놓고 요양소
보내는 일을 강하게 추진할 것 같기 때문이었다.

그렇게 또 한 달여가 지나갔다.

도시는 용광로처럼 뜨거워져 모두 헉헉거렸다. 폭염
의 칠월이라 해도 예년에 없이 40도에 가까운 날씨는
거리의 사람들을 휘청거리게 했다.

진주댁의 몰골은 더 초췌해져 소파 구석에 처박힌 채
시체처럼 눈을 감고 있었다. 조반 시에 아들이 떠먹여주
는 미음 몇 숟갈 외에는 온종일 입 다시는 것 없이 웅크
리고 앉은 채 잠을 잤다. 완전히 기력이 쇠진한 채 움직
일 힘도 없는 것 같았다. 아들은 회사의 상반기 결산 때
문에 마음 같지 않게 그런 노모에게 세심한 신경을 쓰지
못했다. 아내와 아이들에게만 할머니 끼니 잘 챙겨 드리
라고만 부탁했다.

"냄새가 집안 구석구석에 배었어, 먹은 것도 많지 않은데 똥오줌은 왜 그리 많이 싸— 온 몸뚱이가 똥덩어리야, 기저귀가 흠뻑 젖어 범벅인데도 빼지 않으려 한다구. 의사 말 하나도 틀리지 않아, 똥오줌 마려운 것도 모를 거라 하더니, 소변만 질금거리는가 했는데, 이제는 대변까지야—"

방안에 있는 가장이 들으랍시고 아내는 주방에서 큰소리로 말했다. 아마 어저께나 그저께쯤 아내가 노모의 기저귀 정리를 한 모양이라 생각했다.

"여보 수고하셨소! 이번 주말에는 내가 목욕시켜 드리겠소."

아들은 노모를 소파 위에 올려 앉혀놓고 출근을 했다.

회사일에 정신없이 돌아치다가도 잠시 숨 돌릴 시간이 되면 기분은 깊숙이 가라앉아 우울했다. 우려했던 노모의 증상이 이제 드디어 본격적으로 시작된 듯해서였다. 평소에도 소변은 속옷에 혹은 기저귀에 질금거렸어도 대변은 본인이 비틀거리면서도 화장실을 이용했는데 이제 그렇지 아니한 것 같아서였다. 두개강 안의 뇌척수액이 점점 많아져 뇌의 기능을 누르면서 대소변의 인지가 없어지니 자신도 모르게 그것들은 배설되어 누군가 매일 매시간 확인하지 않으면 안 될 상태에 이른 것 같기 때문이었다.

'세상에 그리도 깔끔하시던 어른이…'

아들은 눈물을 머금는다. 스무 살, 목씨 집안의 종부로 시집 온 지 이태 만에 지병을 앓던 남편을 잃고 재혼은커녕 혼자 농사를 지어 유복자遺腹子 아들을 키워내면서도 흐트러짐이 없던 어머니였다. 고등학교를 가까스로 졸업시킨 아들이 고학으로 야간대학을 졸업하고 직장을 얻고 결혼을 하고 아이를 낳자 시골집을 혼자 된 시누이에게 맡기고 아들과 합가하여 살림과 손자를 맡아 키웠다. 재산이라곤 선산뿐인 가난한 종가집안의 어른들이 거의 타계他界해 버리자 시누이와 그의 아들에게 선산자락에 개간한 밭 세 마지기를 맡기고 떠나왔던 것이다.

이렇듯 진주의 초전동에는 어머니가 살던 선악산 아래의 초가집이 일흔다섯 살의 시누이에 의해 빈집이 아닌 채로 있었는데, 아들은 문득 당신이 노모를 모시고 고향집에 내려가 농사나 지으면 어떨까 떠올려 보다 실소를 머금는다. 경제적으로 현실적으로 불가능한 일이기 때문이었다. 은행에 들어가는 아파트 대출금의 상환과 두 아들의 과외비며 생활비 등 현재의 수준을 맞추려면 아내와의 맞벌이는 부득이한 경우일 수밖에 없을뿐더러 더욱이 아내는 결사코 하향을 찬성하지 않을 것이기 때문이었다.

노모의 상황은 점점 쇠락해져 오래갈 것 같지가 않았다. 오로지 아들 위해 당신 삶 전부를 희생한 노모에게 나머지 삶이나마 편케 해드리고 싶은데 방법이 여의치 않아 아들은 몸부림을 쳤다.

그는 점심시간을 이용하여 집으로 향했다. 간병인이 주말 가까이 들린다니 수요일이면 노모의 몸이 많이 더럽혀져 있을 것 같아 이 날은 당신이 미리 목욕을 시키고 싶어서였다.

현관문이 잠겨 있지 않았다. 아이들이 귀가할 시간도 아니어서 간병인이 앞당겨 들렸나 보다 생각하며 거실로 들어섰다.

욕실에서 기이한 신음소리가 났다. 짐승울음 같기도 하고 비명 같기도 했다. 노모가 소파 구석에 없었다. 불길한 예감에 반사적으로 욕실 문 앞으로 내달았다. 그런데, 찢어지는 소리가 안에서 터지고 있었다.

"왜 처먹어— 아들 앞에서는 곡기 끊은 듯 죽 몇 숟갈

로 내숭떨고, 왜 밥솥 밥에 숟가락을 찌르는 거야— 진
짜 똥칠갑 할려고 그래— 매일 문 열어두는데 왜 안 나
가— 나가 없어지란 말이야— 어디든 없어져버리란 말
이야— 나가라구—"

둔탁한 소리와 함께 다시 짐승울음 같은 비명이 터지
고 이어 욕실 문이 벌컥 열렸다. 그곳에는, 얼굴이 시뻘
겋게 달아오른 아내가 두 주먹을 불끈 쥐고 발가벗겨져
웅크린 노모의 어깨를 발로 떠밀고 있고, 노모가 두 손
을 위로 올려 싹싹 부비고 있었다.

순간, 소스라치게 놀란 아내가 얼른 발을 거두며 반사
적으로 욕실문을 닫으려 했다. 눈 앞에 벌어진 상황에
두 눈만 벌려 뜨고 숨을 멈추고 있던 아들이, 아내의 팔
을 휙 나꿔채 밖으로 끌어내며 양쪽 뺨을 두세 차례 후
려쳤다.

"너… 이런 여자였어? 어서… 내 앞에서 꺼져… 내
가, 무슨 일 저지를지… 몰라…, 죽고 싶지 않으면… 꺼
져…"

눈동자의 초점이 파르르 전율하며 납빛이 된 남편의
얼굴을 바라보면서 아내는 뒷걸음질을 치다 현관 밖으
로 뛰어 나갔다. 아들은 부들부들 온몸을 떨며 욕실로

들어가 노모를 끌어안는다. 커다란 소리로 울음을 터트
린다.

"옴마, 옴마 미안하요— 울 옴마를… 울 옴마를… 옴
마— 오옴마— 으흐흐… 으흐흐—"

노모는 조금은 어리둥절한 표정으로 아들의 얼굴을 바
라본다. 얼굴 가득 서려있던 공포감이 스러지고 있었다.
아들은 시종 꺼이꺼이 울며 노모의 몸을 샤워기로 행궈
주고 거실 소파로 안고 나와 물기를 눌러낸다. 미처 가
시지 않은 멍자국이 아직도 질펀한데 바로 이날 받은 발
길질과 주먹 타박의 흔적은 선홍색으로 전신에 깔려 있
다시피 했다. 사나흘 후면 뼈가죽 뿐인 몸뚱이에 또 다
시 시퍼런 멍자국으로 난자질이 될 것이었다.

고향집 사립문 앞에 섰다.

뜨거운 한낮이었다. 마당가의 소태나무에서 매미들이
자지러지게 울어댔다. 귀가 울릴 정도로 소리들이 커서
아들은 찌푸린 얼굴로 진초록 잎새가 무성한 소태나무
를 쳐다보는데, 진주댁의 얼굴에도 화색 기운이 돌았다.
그랬다. 노모도 소태나무를 고개를 외로 꼬듯 쳐다보며
입귀를 실룩거렸다. 새로운 반응이었다.

"하이고… 진짜로, 우리 성님 맞나? 이기 무신꼴이고… 세상에… 사람이가 해골이가… 아히구 성님…"

진주댁보다 두 살이나 많은 그러나 손위 오라버니의 아내인 그녀를 맞이하던 시누이 노인은 비명부터 질렀다. 그리고 울음을 터트렸다.

"장조카야, 우리 성님 와 이 모양이고? 정신줄 놓았다 소리 듣고 가본다 가본다 카믄서 몬가봤는데, 병든 지 일 년도 안 됐는데 성님 와이리 됐노? 눈만 감으면 송장이다… 세상에… 세상에…"

"제가 잘못 모셔서 그러니, 이제 고모가 좀 돌봐 주이소."

"진작 뫼시고 내려오제 그랬나, 알았다, 성님캉 내캉 죽을 때꺼정 동무하고 살믄서 내가 돌봐줄낀 게 걱정 말거라, 세상에 그리도 곱던 사람이…"

"이제 재검진을 해서 요양등급 3급을 받으면, 요양사가 일주일에 두세 번은 와서 도와드리도록 할 겁니다. 그냥 고모님만 믿습니다."

노인은 진주댁이 쌓인 한恨이 많아 몹쓸 병에 걸렸을 것이라며 꺼질 듯한 한숨을 내쉬었다. 노모는 지팡이에 의지하여 구부정한 자세로 마당 가운데에 선 채, 연신 소태나무 쪽으로 얼굴을 돌렸다. 그리고 무어라고 혼자 중얼거렸다.

아들이 환한 낯빛이 되며 노모의 팔을 붙들었다.

"어머니! 여기가 어딘지 아시겠어요? 여기가 어디예요?"

노모가 아들을 바라보았다. 웃을듯 말듯 입귀를 실룩거렸다. 이어 옹달샘이 있는 뒤란 켠으로 몸을 돌려도 보고 디딜방아가 있는 헛간 쪽으로 고개를 돌렸다. 장독 둘레 화단에 흐드러지게 피어 있는 봉선화와 맨드라미, 지붕 위를 타고 올라간 조롱박의 줄기를 고개를 들어 눈부신 듯 쳐다보더니 또 다시 입귀로 중얼거렸다.

"여기가 당신이 사십 년 몸담고 살던 집인 줄 알것는 갑다! 보소 성님, 여그가 성님 집인 줄 알겠소?"

진주댁의 팔을 붙들고 고모가 큰소리로 물어보자 진주댁이 한참만에 고개를 끄덕였다.

아들은 감동하여 우선 노모를 마루에 오르게 하고 고모가 금방 생수로 타내온 미숫가루 컵을 들어 노모의 입술에 대준다. 노모는 바른손으로 그것을 받아 천천히 몇 모금 마셨다. 집을 떠난 지 12년 만에 찾아왔어도 드디어 기억을 떠올리는 듯한 노모의 반응에 아들은 한 가닥 희망을 찾는다. 가슴에서 희열 같은 뿌듯함이 차오르고 쩡한 감동이 왔다.

　시집와서 40여 년 살던 곳을 기억한다면 당신이 누구 인지, 또한 가족도 알아볼 수 있을 것이고 따라서 당신 의 마지막 여생을 막막한 어둠 속에서 살지는 않을 것이 라 믿었다.

　경이로운 일은 노모에게서 매일매일 조금씩 일어났 다. 충혈된 퀭한 눈동자에 가득 서려있던 공포감과 두려 움은 점차 가셔지고 표정이 편안해졌다. 늙은 시누이가 정성껏 쑤어주는 죽을 조금씩이나마 거르지 않고 먹었 고 점차 그 양을 늘려갔다. 걸음걸이는 여전히 편치 못 했지만 뒷간을 찾아 마당으로 내려서기도 했다. 시누이 가 커다란 사기요강을 들이밀며 당신이 치워줄 것이니 거기에 볼일을 보라고 했다. 진주댁이 입귀를 실룩이며 그것은 사용하지 않았다.

　"고모! 다음번에 휴가 받아 와서 부엌도 입식으로 개 조하고 마루 끝방을 화장실로 만들어줄게요. 뒷간이 마 당 끝이니 너무 멀고 매번 요강에 일 본다는 것도 고모 가 너무 힘들어서 안돼요. 일 회용 기저귀는 차고 있으 니까 크게 신경 안 쓰셔도 돼요."

"내 걱정은 말거래이. 성님 있어 유복자 우리 장조카 낳아주고, 목씨 집안 씨줄 이어주어서 얼매나 고마운 은인인데…. 뿐이가, 자기도 청상과부이믄서 혼자 된 나를 올매나 챙겨주고, 내가 늙어서 이렇게 편키 사는 것도 다 장조카와 성님 덕인데, 내가 진 빚 갚을 끼다."

노모를 시골집에 모셔 놓고 사흘째 되던 날, 상경할 준비를 끝낸 아들은 고모에게 거듭 노모를 부탁하며 곧 다시 하진 할 것을 말한다. 그리고 디딜방아 앞에 선 채 발 놓는 가랑이 나무판을 앙상한 손가락으로 쓸어보고 있는 노모에게 곧 다시 내려오겠으니 고모와 잘 지내시라고 말했다. 노모가 어여 가라는 듯 쭈글진 손을 두세 번 쳐들었다.

아들은 아파트를 부동산에 내 놓은 지 5주 만에 매각했다. 집값의 절반이 넘는 은행 대출금을 갚아버리고 변두리의 연립주택 2층을 매입하여 이사를 했다. 아이 둘도 전학을 시켰다. 아내는 노모를 학대하던 그날로 집을 나간 후 한 달여 계속 소식이 없었다. 아이들은 부모가 뜻이 맞지 않아 당분간 별거를 하는 것으로 이해하는 듯 보였으며 아버지의 표정이 워낙 경직되어 연유를 물어

보지도 못했다. 아들은 아내의 행위를 어떤 측면의 상황으로도 이해를 할 수가 없었고 용서가 되어지지 않았다. 다만 아들 둘을 생각하여 존속학대로 고발을 하지 않고 있을 뿐이었다.

집을 팔고 집을 구하고 이사하는 등 정신없이 바쁜 와중에서도 고향집의 고모가 들려주는 소식은 반가웠다.

"장조카냐? 오늘은 성님 손에 봉선화 물을 들여 주었는데, 세상에 아이처럼 좋아한다이! 먹는 양은 적지만 옛날에 먹던 장떡 같은 거 지졌더니 글씨 그것만 갖고 잡숴야!"

"내려올 때보다 성님 몸에 쬐끔 살이 들어간 거 같다. 십리나 들어갔던 눈도 좀 나온거 같고, 밥 묵기 전에 손도 잘 씻는다. 아니다. 아즉 자기가 누군지는 모리는 거 같고… 나도 몬알아 보지만 쬐끔도 경개(경계)하지는 않는다. 성님이 초전의 우리 목씨 집안으로 시집오기 전에 읍내 옥봉동에 살았다 아이가, 내가 무신 이야기 끝에 남강 뒤비리(뒤벼리, 진주 8경 중의 1경)란 말이 나왔는데, 글씨 성님이 눈을 번쩍 뜨더라, 그래서 뒤비리 알겠소 물은깨네 고개를 끄덕거리더라. 장조카 내리오믄 혹시 정신이 돌아올란지 성님을 그리 한번 모시가 봐라."

처서가 지나자 아침저녁으로 기온은 달라졌다.

아들은 열흘간의 휴가를 받아 시골집 안방에 기름보일러를 놓고 주방개조와 수세식 화장실을 만들었다. 3대가 살아온 옛집을 그대로 두었던 터라 어차피 한 번 개조는 해야 될 형편이었고 워낙 사전준비가 치밀했던 탓에 생각보다 빠르게 큰일들을 끝낼 수 있었다.

노모의 상황은 많이 좋아져 있었다. 아들의 말이라면 무슨 내용이든 고개를 끄덕이며 긍정의 표시를 했다. 하향한 지 한 달여 사이에 고모 말처럼 노모는 살이 좀 올라 있었고 몸도 손도 깨끗해지고 입성도 밝아져 있었다. 쩌들었던 표정은 간 곳 없고 평화로움이 깃들어 있었다. 병들기 이전의 노모 모습이 아쉬운대로 조금씩 드러나고 있음을 보면서, 아들은 늙은 고모의 두 손을 모두어 잡고 고맙다는 말로 진정어린 인사를 한다.

집 개조 공사가 끝난 다음 날. 고모의 권유대로 그는 두 노인을 함께 차에 태우고 진주 내성內城에 있는 '촉석루'로 갔다. 논개가 왜장을 껴안고 강물에 뛰어든 의암義岩을 바라볼 수 있는 촉석루의 난간으로 오르자, 노모의 표정이 감회에 젖는 듯 눈시울이 고즈넉해졌다.

"어머니! 여기가 어디지요?"

노모가 애잔한 눈길을 강물 쪽으로 향하며 두세 번 손짓을 했다. 노모의 머릿속으로 혹여 열 손가락에 가락지를 낀 논개가 왜장 '게야무라 노구스케'의 열 손가락과 마주 깍지 끼고 촉석루 아래의 바위벼랑으로 춤추며 내려가 의암으로 건너 뛰어 푸른 강물 속으로 뛰어드는, 그림이 펼쳐지는 것인지, 노모는 한동안 넋 나간 듯 서 있었다.

아들은 진정 노모의 머릿속에 그런 변화가 일어나기를 원했다. 아들의 집요한 궁금증에 시원한 반응을 준 것은 아니지만 노모의 눈동자에서 그녀가 이곳이 어디인지 알고 있음을 느낄 수가 있었다. 다만 느낄 뿐이었다.

아들은 노모를 다시 차에 태우고 옥봉동 둑길에 올랐다. 도시계획으로 주변의 동네가 옛날과 많이 다른 상황이었지만, 남강 변의 높은 둑길은 옛 그대로였다.

어릴 적 어머니의 손을 잡고 소싸움 씨름판에 구경 나왔던 경험을 떠올리며 아들은 노모의 표정을 살핀다. 강바람이 시원하게 불어왔다. 아들은 두 팔을 벌려 심호흡을 하며 강변의 백사장을 향해 노모를 돌려 세운다.

"어머니, 저 모래사장 봐요, 저기서 가을마다 소싸움 씨름판이 신나게 벌어졌잖아요! 씨름대장 진주 점배, 배가 만삭의 여자처럼 불룩해가지고 황소 한 마리 상으로 끌고 진주시내를 누비던 거인 진주 점배, 생각 나십니까요?"

노모의 얼굴에 분명히 웃음 기운이 돌았다. 기억이 떠오르는 것일까. 씨름꾼 진주 점배는 아이들에게는 영웅이고 시민들에게는 자랑이었다. 씨름판에서 진주대표로 매년 황소를 타서 그의 모습을 떠 올리는 자체만으로 웃음이 머금어지는 인물인데, 노모의 얼굴에도 선명치는 않으나 미소가 폈던 것 같았다.

아들은 신명이 나기 시작했다. 옥봉 둑길의 끝점에서 자연스레 이어지는 뒤벼리 벼랑길로 차를 몰아 들어갔다. '뒤벼리'는 깍아지른 산벼랑 아래로 오솔길이 있고 길 아래가 바로 강물인, 경치가 빼어난 곳이었다. 그러나 옛날과는 달리 길이 넓혀져 있고 도깨비가 출현한다던 길 중간의 정자나무는 버혀지고 없었다.

계속 차장 밖을 내다보던 노모가 어느 지점에선가 짧은 소리를 발했다. 차를 멈출 수가 없어 그냥 서행 운전을 하는데 노모의 시선을 쫓던 고모가 성님이 '처녀 골'을 본 것 같으니 차를 세워보라고 했다.

외곽으로 차를 세우고 노모를 차 밖으로 부축했다. 고

모의 말이 맞았다. 산벼랑이 끝나는 지점에 처녀무덤들이 있다는 골짜기가 있었고, 노모는 분명히 그 지점에서 반응을 보였으며 차에서 내린 그녀의 시선이 바로 그 골짜기에 박혔던 것이다.

"아 어머니, 처녀무덤들이 있는 처녀 골, 기억나셔요? 한밤중이면 처녀 귀신들이 강가로 내려와 노래를 부르며 빨래를 한다는, 바로 여기 이 물가에서 말예요!"

노모의 시선이 물가의 반석 위를 맴돌았다.

"맞아요! 맞아요! 처녀귀신들이 저기 저 반석에서 노래부르고 깔깔거리면서 빨래를 했다고, 옛날에 어머니가 저에게 얘기해 주셨거든요!"

아들의 흥분된 음성을 들으면서 노모는 이렇다 할 대답은 물론 없었다. 그러나 상기된 낯빛으로 골짜기와 포장된 도로 아래 물가의 반석을 오래도록 번갈아 바라보았다.

아들은 노모를 다시 부축하여 차에 오르게 하고 이날은 그 정도로 집으로 돌아가기로 했다. 노모의 기억을 되찾을 가능성은 충분히 있다는 확신감을 가졌다.

노모가 성장한 옥봉동 주변의 향교鄕校며 기생조합이 있던 권번券番이며 '말띠고개' 대숲 윗길의 외딴 국수집이며, '큰들' 모래흙땅의 딸기밭이며, 지금은 진양호에 잠겼지만 너우니 뱃가의 모래찜질이며, 또한 노모의 모교인 봉래초등학교며 비봉산 아래의 진주여자중학교며 그녀와 인연된 곳을 두루 찾아볼 계획을 세웠다.

뿐만 아니었다. 진주대첩의 영혼들이 모셔진 삼장사며 호국사며 왜구의 침투를 감시하던 서장대 북장대 남장대며, 대첩 때 사망한 민관군민 7만여 명의 영혼을 위로하는 유등油燈 띄우기며, 노모의 기억을 떠올릴 수 있는 것은 무한정이기 때문이었다.

뇌수두증과 전측두엽퇴행의 혼합원인으로 인지기능과 언어기능 청력기능 신체장애의 기능까지 손실되었다 해도 고향 옛집으로 하향한 이후의 노모는 확실히 다른 모습과 반응을 보였기에 희망적이었던 것이다.

실제 임상적 판단은 어떠할지 정밀한 뇌촬영과 전문의사의 재진단이 내려져야 하겠지만, 아들은 분명히 형체를 알 수 없는 어떤 힘이 고향에는 존재한다는 생각을 했다. 때문지 아니한 유·소년 적부터 정신과 육신에 흠신 저려진 고향의 정령精靈이 과학의 이론적 근거를 상쇄해버릴 수도 있을 것이라 믿었다.

태생지의 토양과 바람과 햇살과 수질이 형성해 놓은

유기체有機體에 개인의 감성적 성향이 투여되면 새로운 형체의 경이로운 생명현상이 일어날 수도 있다는 믿음이 아들의 머리 속을 연일 꽉 채웠다.

알 수 없는 오열이 목구멍으로 쉼 없이 차올라, 아들은 자주 헛기침을 했다.

〈終〉

큰산자락

큰산자락

큰산자락

흙에 대한 그녀의 집착과 애정은 거의 광적이다시피 강렬했다. 육십 평생 사는 동안 일곱 번 집을 옮기면서 한 번도 아파트를 선택한 적이 없었다. 단독주택만을 매입하여 마당을 조금씩 넓혀갔다. 손바닥만한 시멘트 마당이면 곡괭이로 그것을 깨트려서 흙을 채워 파종하고, 골목에 뒹구는 빈 화분이나 궤짝을 주워 역시 흙 그릇을 만들어 꽃씨나 채소모종을 심었다. 신혼 초, 이문동의 철길가 20평 대지에 건평 15평의 오두막집은 채소와 꽃들이 가득하여 이웃들이 꽃모종을 얻어가기도 했다. 그의 흙마당 집에 대한 열망은 삶 전체를 역동적이게 했고 그는 점차 이사를 거듭하면서 정원수와 잔디가 있는 집으로 넓혀 나갔다.

잔디는 가족들의 반대에도 불구하고 과감히 걷어내고 야산의 검붉은 흙을 실어와 섞은 후 갖은 채소씨앗들을 마당에 뿌렸다. 자신의 손길이 스쳐간 곳마다에 드디어 생명이 태동하여 흙속을 뚫고 솟구치면 그녀는 뻐근한 감동으로 명치끝을 누르며 얼굴을 일그러뜨렸다. 벅찬 희열과 감동이 얼크러져 형성되는 그 순간의 그녀 표정은 차라리 희극적이었다. 당신의 유별난 정성으로 생명을 탄생시켰다는 뿌듯함보다 검붉은 흙의 힘이 신비하고 외경스럽다는 새삼스런 황홀감 때문이었다.

다섯 평 시멘트 마당에서 삼~사십 평 흙마당으로 그리고 일곱 번째 이사에서 드디어 이백 평 버금되는 잔디마당을 갖게 되었을 때, 그녀는 가슴을 활짝 펴며 더는 흙마당 집착에서 벗어나리라 스스로에게 다졌다. 그리고 잘 가꾸어진 잔디를 걷어내기 시작했다. 그녀의 얼굴은 의욕과 흥분으로 붉게 상기되어 거의 매일 뜰에서 살다시피 했다. 뜰이 넓다보니 잔디를 뒤엎는 작업만도 일주여가 소모되고 이어 화원의 조경사를 불러 기왕의 고급 정원수들을 저렴가로 흥정하여 옮겨가게 했다. 작업 열흘 만에 2백 평의 뜰은 잔디와 정원수가 없어진 완전한 흙마당으로 변했고, 그녀는 그곳에 과수를 심기 시작했다.

감나무를 비롯 사과·배·복숭아·살구·자두·매실·포도·앵두·석류나무 등 20여 그루를 심고, 현관 옆 양지켠에 작은 화단을 조성하여 채소를 심었다. 이끼 낀 바위와 유색의 잉어 등으로 적절히 조화 배치된 작은 연못과 고급 정원수와 잘 손질된 파란 잔디마당이 한 달여 만에 과수원으로 변한 것이다.

배우자를 비롯한 가족들은 어이없는 표정들로 그녀를 지켜볼 뿐 만류하지는 못했다. 저지해도 멈출 사람이 아니었지만 그의 집요한 흙 사랑으로 집을 넓혀왔던 상황이라 바라만 볼 뿐이었다. 다만 배우자가 고가의 집값을 똥값으로 떨어뜨려 놓았다고 빈축했지만 그녀는 더 이상 매매할 집이 아닌데 걱정할 것 없다고 응수했다. 마당을 조금씩 넓힐 때마다 현실적으로 도움이 되지 못했던 배우자는 더이상 말이 없었고, 이웃들은 도심지 담장 안에 과수원이 생겼다며 호기심 어린 눈초리로 바라보았다.

주거에 대한 그녀의 1차적 꿈은 이루어진 셈이었다.

그의 직업은 도심지 사립고등학교의 국어 교사여서 학교주변을 벗어날 수 없었다. 3~40년 전 땅값이 비싸지 않았을 때 그는 원했으면 흙땅을 제법 크게 가질 수 있는 서울 외곽으로 나갈 수 있었다. 전철을 비롯하여 지금처럼 도로가 사방으로 뚫려 편리해질 것을 예상했다면 40년 동안 도심에서만 일곱 번을 집을 옮기는 고통은 없었겠지만, 그러나 매번 무리하여 살던 집을 팔고 이사를 함으로서 차익과 함께 마당은 점차 넓어질 수 있었던 것이다.

집안의 작은 과수원은 다음 해 이른 봄부터 결실을 보이기 시작했다. 목련 라일락 대신 매화꽃 앵두꽃으로부터 차례로 사과꽃 복숭아꽃 배꽃 감꽃으로 뜰이 화사해지면서 도심의 어디서 날아드는지 벌과 나비들이 난무하고 과일이 열려지기 시작했다. 때마침 정년을 앞둔 그녀는 출퇴근 전·후면 마당에서 흙냄새 꽃냄새에 취하여 2모작의 인생준비를 했다.

그녀는 흙과 나무에 혼이 빼여 신들리듯 살다 떠난 부친父親을 떠올렸다. 농업학교를 졸업하고 조부가 물려준 과수원을 운영하던 부친이 어느 날 불현듯 J시의 모든 자산을 정리하여 지리산 자락의 임야 20만 평을 매입했다. 1950년대의 높은 산 발치의 척박한 땅은 저렴하여 마을 후면의 야산 전체가 부친의 소유로 보일 만큼 매입한 임야는 넓었다. 40대 중반의 왕성한 연령에 당신의 꿈을 지리산 자락의 척박한 땅에서 펼치기 시작한 부친은 먼저 큰 바위 옆에 산막이나 다름없는 우거를 두세 채 짓고 산골 사람들을 동원하여 땅을 개간하기 시작했다. 그리고 각종 과일나무를 개간한 땅에 심었다. 그리고 해마다 그 과일나무에서 가지를 잘라 토종나무들과 접接을 붙여 수천 그루의 과수 묘목을 만들어 전국적으로 배분했다. 그 산의 과수는 묘목의 모체로서 존재할 뿐 과일을 수확하여 이득을 얻는 일에는 소흘했다.

매년 4~5월이면 영남 각지에서 접을 붙이는 전문가들이 산막으로 모여들어 두세 달 동안 각종 과일나무의 접을 붙여 산에 심는 작업을 했다. 인위적인 새로운 생명창조의 작업이었다. 뜨거운 여름 내내 모종밭의 김매기 작전은 동네의 대단한 행사였다. 넓은 야산에 하얀 무명옷 차림의 부녀자들이 수십 명 모여들어 모자 대신 (당시 햇빛을 가릴 모자가 흔치 않았다.) 흰 무명천으로 머리를 두르고 산노래를 부르며 김을 맸다. 그리고 1~2년 후 가을이면 수십 수백 수천 그루의 온전한 생명들이 드디어 탄생되었다. 야생의 고염과 돌배와 산복숭아 등을 접본으로 단감, 고종시, 대봉 등의 감나무와 신고배와 청심, 백도, 수밀도 등의 고급스런 품종이 되어 우뚝 섰다. 접接은 더 우수한 종種을 위한 나무의 교미작업이었고 그 광활한 야산은 바로 개량된 생명 창조의 산실이었다.

어린 과수묘목들이 전국 각지로 트럭에 의해 실려 나갈 때마다 부친의 그을은 얼굴은 만족감으로 넘쳤다. 부친의 꿈은 당신이 창조한 생명들을 국내의 구석구석에 뿌려 풍성한 열과의 범람으로 모든 사람들이 기쁨을 누리게 하기 위해서라고 했다. 실제 그런 생각이 아니라면 그 수많은 어린 과수묘목들을 생산실비에도 못 미치는 저렴가로 혹은 무료로 내보낼 수가 없을 것이며, 해마다 농자금에 고통스러워 하면서도 그 일을 강행하지는 않았을 것이었다.

약주를 즐기던 부친은 만취하면 즉흥시를 읊었고 그것을 야산자락을 살판나게 돌아치는 막내딸에게 받아 적게 했다. 막내딸은 부친의 꼬리를 물고 쫓아다니는 강아지처럼 그 산판에서 놀기를 좋아했고 부친의 잔심부름꾼이었다. 접사들이 접목한 어린나무를 흙 속에 꼭꼭

다져 심기도 하고 조잘조잘 끊임없이 질문도 하여 어른
들의 웃음을 머금게도 했다. 그 막내딸이 바로 집 마당
과수원을 만든 늙은 국어 선생이 되어 "아버지 피가 옮
아…" 중얼거리며, 부친의 생각에서 떠나지를 못한다.

　부친은 창경원의 관리인에게 부탁하여 벚꽃나무에서
떨어진 씨앗을 몇 가마 구입하여 지리산 자락의 산판에
뿌렸다. 묘목 밭을 제외한 온 산은 봄만 되면 벚꽃 동산
으로 감탄을 자아내게 했고, 땅의 일부를 부락민들의 농
사를 위한 저수지로 혹은 예비군 훈련장으로, 지역 중학
교의 산림연습지로도 기증했다. 부친에게 그 산은 당신
인생의 전부였고, 부락민들에게 부친은 의지하고픈 낙
천적이고 서민적인 큰 어른이었다. 부친은 그 산의 양지
켠에 당신의 무덤을 만들었고, 일흔 초반에 술로 인한
뇌졸중으로 당신이 만든 그 무덤 속으로 들어갔다.

　현관 옆 화단에 채소모종을 심던 그녀는 문득 떠오른
부친에 대한 기억으로 한동안 멍하니 앉아 있었다. 사
실 부친에 대한 생각이 이날 불현듯 떠오른 것은 아니었
다. 부친의 산판에 대한 궁금증이 정년이 다가오면서 부
쩍 치솟기 시작했고 자주 그 곳 생각을 해서인지 지난
한 달 전후로 꿈속에서 부친을 두 번이나 본 적이 있었

다. 한 번은 부락 여인네들이 모종 밭 김매기를 하는 산
판에서 그들이 힘들세라 '우스개 야담'을 큰소리로 들려
주던 모습이었고, 또 한 번은 부친이 손수 만들어 입주
한 당신의 무덤 앞에 흰옷 차림으로 하염없이 앉아있는
모습이었다. 생각이 닿아 있으면 모습이 보일 수도 있을
것이라고 나름대로 헤아려 보면서도 무덤 앞 부친의 표
정이 깊숙이 가라앉아 있었던 것 같아 산판에 무슨 일이
생겼는지 그녀의 마음이 편치만은 않았다.

　방학을 맞이했다. 뜰 안 과수원에는 복숭아와 사과와
배가 익어가고 그녀는 그것을 바라보는 것으로 희열과
포만감을 느끼고 있었다. 또한 다음 해 3월이면 그의 교
직생활 40년이 마감되는 달이어서 직장생활 중 마지막
으로 맞는 여름방학이기도 했다.

　그는 미루어 오던 산행을 위해 아침부터 서둘렀다. 지
리산 자락의 부친의 산, 더욱 정확히는 형제들과 타인의
땅으로 명의 변경된 그 곳으로 가보기 위해서였다. 그녀
는 배낭을 챙기면서도 긴장과 흥분으로 가끔 심호흡을
했다. 그녀의 명의로 된 작은 임야를 완전한 자신의 소
유로 활용키 위해 그 땅을 이용하는 남자 동기인 장손長
孫을 만나야 될 일이 부담스럽고, 미뤄오던 계획을 기어

이 실천할 마음에 설레임이 어우러져 일어나는 긴장 때문이었다.

부친의 산은 부친이 사망한 직후부터 장손인 외아들에 의해 절반으로 줄어져 버렸다. 부친의 자녀 다섯 명 중 유일한 아들인 장손의 말에 의하면 부친이 남긴 빚이 많아 빚 갚음으로 매매했음을, 그것도 여자 동기들이 의혹을 제기했을 때 대답했다.

부친은 당신이 전생을 다해 일구고 지킨 생명의 산실인 산판을 조각나게 하고 싶지 않아 생전 상속을 하지 않았던 것으로 그녀는 이해했지만, 부친의 희망은 결과적으로 무산되어 버렸다. 장손은 땅의 상속을 형제간의 동의 없이 특별조치법에 의해 자신의 명의로 상속해버렸고, 잇따른 매매로 부친의 땅은 매년 줄어들었다. 이에 여자 동기들은 장손에게 적극적으로 부친의 땅 상속분을 요구했고 장손은 이미 당신 앞으로 상속한 후라 누이들에게 매매하는 형식으로 법적 상속분과 상관없이 5천 평씩을 배분했다.

그 후, 20여 년의 세월이 흘렀고 그 땅은 장손이 당신 사업체인 각종 정원수들을 산 가득 채워 놓고 활용했다. 명의만 딸들의 소유로 등기되어 있을 뿐 아들인 장손이 전횡했다. 누이들에게 그 땅을 임차하겠다는 말을 한 적도 없고 여자 동기들 역시 당장 땅을 비워 달라고도 하지 않았다. 매매형식의 명의 변경 이전부터 심겨져 있는 수천수만 그루의 조경수를 그가 언젠가는 뽑아내어 땅을 비워주겠거니, 혹은 땅값 오르면 땅을 팔아 버리겠다는 딸들도 있어 처음 몇 년간은 그것이 문제가 되지 않았다. 뿐만 아니라 딸들 모두의 주거지가 천리 밖 대도시였고 또한 직장인들이 많아 땅을 당장 활용하겠다는 이도 없었다. 무엇보다 딸들은 부친의 산판을 법적 평수에 전혀 미치지 못하지만 얼마간이라도 습득했다는 사실에 흥분했고, 그리고 모두가 형제자매 핏줄이라 독자인 장손의 나무들이 자기의 땅에 심겨져 있다는 사실에 별반 관심이 없기도 했었다.

막내딸만 예외였다. 그녀는 자신의 소유가 된 땅에 과수를 심고 싶었다. 하지만 도시의 사립학교 국어 교사인 현직을 사퇴하지 않고서는 불가능하여 정년 후로 미루면서 그러나 본격적으로 시작하기 전에 기왕에 심겨져 있는 나무들은 치워져야 된다고 생각했다. 그녀는 매년은 아니었지만 방학 때만 되면 가능한 자주 산판으로 내려가 외아들인 장손을 만났고 그 곳에 과일나무를 심고 싶다고 했다. 장손은 한마디로 무모한 짓이라고 했다. 천리를 오르내리며 과수원을 만들 그 돈으로 서울에 가만히 앉아 과일을 사먹는 것이 훨씬 경제적이라고 했다. 젊지도 않은 나이에 긴 세월 소모되는 과일나무를 심어 이득을 보겠다는 생각은 꿈에도 하지 말고, 지긋이 기다렸다가 땅값 오르면 매매하는 것이 상책이라고 했다. 장손의 말이 현실적일 수는 있었다. 그러나 자신의 땅에 자신의 나무를 심어 가꾸어 보고 싶음은 그녀의 간절한 열망이었다. 그녀는 설령 그렇더라도 나무를 심고 싶으니 도와 달라고 했다.

장손은 여전히 이득 없는 짓 왜 하느냐며 막내누이의 말을 건성으로 들어 넘겼다. 20년 가까운 세월 동안 그녀는 장손을 수차례 찾아 땅을 비워줄 것을 꾸준히 요구했으나 무모한 짓이라는 그의 반응은 여전했다. 그러다 그녀의 땅 안에 심겨진 정원수들이 팔리게 되면 더는 그 땅에 나무를 심지 않겠다는 말을 했다. 꽉 들어찬 장손의 나무들이 언제쯤 다 팔리느냐고 그녀가 되물었을 때 장손은 '언젠가 팔리겠지…' 조금은 막연한 대답을 했다. 그나마 장손에게서 조금도 흡족하지는 않지만 약속 비슷한 말을 처음 들었던 터라, 그녀는 가벼운 마음으로 상경했고 이후 방학 때마다 내려가 혹여 나무들이 팔려 빈자리가 없나 살피곤 했었다. 빈자리는 거의 나지 않았다.

그녀는 산판으로 향하는 고속버스 안에서 지긋이 마음을 다졌다. 너무 긴 세월 장손의 전횡을 허용했다는 후회와 그러나 직장을 그만둘 수 없었던, 흙마당을 넓히려 고군분투했던 지난 삶도 결코 헛되지 않았다는 자위로 서서히 긴장되는 마음을 풀었다.

한낮이 기울 무렵 현장에 도착하여 그녀는 우선 부친의 무덤을 찾았다. 지난봄 꿈속에 두세 번 나타났던 부친의 모습을 떠올리며 무덤 가까이 다가갔을 때 경악하지 않을 수 없었다. 그녀는 후들거리는 두 다리를 간신히 버텨서며 봉분이 사라진 눈앞의 정경을 주시했다. 부친의 무덤이 없어지고, 그 자리는 어수선하게 대충 메꾸어진 평지로 남아 있었다. 상석도 비석도 없어지고 주변으로 둘러 심었던 사철나무도 일부 뽑혀지고 일부 남아 있었다.

"어, 어떻게 된 거예요? 아버지는요?"

장손을 만나자마자 얼굴이 새하얗게 변한 그녀가 숨

넘어가듯 물어본다.

"선산 납골당으로 모셨다."

"납골당이요?"

"종친모임에서 선산에 납골당을 짓고 조상님들을 모두 그 곳으로 모셨다."

"분골… 하여 모셨겠군요…. 형제들에게 연락 좀 주셨으면 뫼시는 날 참여할 수도 있었을텐데… 언제, 뫼셨나요?"

"지난봄에"

장손의 대답은 간단명료했다.

"아버지는 이 산에 계시고 싶으셨을 텐데… 그래서, 당신 묘자리는 매매할 수도 없게 만들 것이라고 생전에 말씀하셨는데…"

장손은 이미 자리를 뜨고 없었다. 여느 누이들과 달리 자기 땅 위의 나무를 뽑아내 달라는 막내누이의 잦아지는 내방이 조금도 반가울 리가 없었겠지만, 얼굴이 표나게 굳어 있었다. 그녀는 장손의 표정을 살피며 내년 3월에 정년퇴직이라는 말부터 꺼냈다. 당신 농장의 관리사무실로 들어선 장손은 커피를 내리면서 가타부타 반응이 없었다. 그녀가 다시 말했다.

"우선 측량을 다시 하고 경계에 사철나무를 심을까 하는데요."

"쓸데없는 짓 벌이지 말고, 땅값 올라가면 파는게 상책이라니까."

"땅을 팔더라도 어차피 오빠의 나무는 뽑아내야 되는 거 아니유?"

"땅을 매입하는 사람이 땅에 심겨진 나무도 함께 사야지."

장손은 거침없이 그렇게 말했다.

"무슨 말씀인지 이해가 안 되네. 땅을 매입하는 사람은 땅만 필요하지 조경수들이 필요 없는데 왜 그것까지 사야 하는데요?"

"그렇다면, 땅은 팔지 못하지."

"점점 알 수 없는 말씀을 하시네? 땅 소유주가 자기 땅을 매매하는데 왜 그 땅에 심겨진 남의 나무까지 곁들여 팔아야 하느냐구요. 나무를 함께 사지 않으면 땅을 팔지 못한다니, 도대체 그런 경우가 어디 있어요? 어서, 내 땅에서 나무들을 뽑아내 주어요. 나는 땅을 팔 것이 아니라 내가 직접 농사를 지을 것이니까"

"그럼, 네가 네 땅 위의 내 나무를 모두 사라."

"정말, 어이없네요. 필요 없는데 내가 왜 삽니까. 아니, 나무가 팔리면 더는 심지 않고 땅을 비워주겠다고 하더니, 속셈은 그것이 아니었군요."

"그건 그럴 생각이야. 나무가 언제 팔릴지는 모르지만… 그런데 금방 땅을 사용하겠다니, 그럼 네 땅 위에 심겼지만 분명히 내 재산인 나무를 먼저 매입하라는 것이지…"

"20년이나 내 땅을 이용하고도 그런 말이 어떻게 나와요? 아무튼 나는 다시 측량하고 내 땅에 흙집도 짓고 감나무 과수원을 만들 생각이니, 하루빨리 땅을 비워주시오."

그녀는 그 말을 끝으로 장손의 사무실을 나와버렸다. 진심으로 땅을 비워줄 생각이 없는 듯 계속되는 억지스런 장손의 반응에 분노가 치솟았고 더 대응하다가는 싸움으로 번질 것 같아서였다. 그녀는 자신의 땅 안에 빈틈없이 채워져 있는 키 큰 나무들을 둘러보면서, 휴대폰으로 군청 지적과의 안내를 받아 측량 신청을 한다. 더는 기다려줄 생각이 추호도 없었던 것이다.

환갑 진갑 다 지난 연수에 그나마 20여 년 이용케 해주었으면 나름 형제애를 베풀었다는 판단인데, 끝까지 외아들 장손이란 이름으로 대접받고 마음대로 휘두르고 살아온 습성을 늙은 누이에게 그대로 행사하려 함을 용서할 수 없다는 생각이었다.

그녀는 측량신청에 이어 접경도시인 J시로 나갔다.

작업을 시작하려면 머물 곳이 있어야 했으므로 컨테이너 시장을 둘러보기 위해서였다. 중고품에 페인트칠을 덮씌운 컨테이너 현물은 많았다. 그러나 금방 부식될 것이 염려스러워 신품 주문을 했고 완성단계까지는 보름여 기다려야 된다고 했다. 그녀는 이어 은행으로 가서 측량신청금을 송금했다. 스무 해 가까이 벼루어만 오던 그녀의 자기 땅 찾기 작업은 드디어 구체화 된 셈이었다.

사흘 후, 그녀는 상경길에 올랐다. 산 아래 장터의 여관에서 잠을 자고 매식했다. 장손내외는 그녀에게 진작부터 형제간의 기본적 예우를 끊어버린 상황이어서 기대도 하지 않았지만, 명색이 친정이란 곳에 와서도 매식에 여관 잠을 자야 하는 자신이 서글퍼져 한숨이 뿜어졌다.

그녀는 서울로 향하는 장거리 고속버스 안에서 의자를 뒤로 젖혀 눈을 감았다. 눈귀로 뜨거운 열기가 모두어지는가 싶더니 눈물이 귓볼을 타고 흘러 내렸다. 산판에 머무는 사흘 내내 심장에 쇳덩이를 안은 듯 허탈감 상실감까지 범벅되어 침울한 상태였는데, 긴장을 풀자 기어이 터뜨려진 것일까. 부친의 봉분이, 아버지의 유체가 그토록 아끼던 외아들 장손에 의해 당신의 산에서 밀려나간 일 때문이었다. 산은 부친의 전생이고 운명이었다. 생전에 당신의 무덤 만들어놓고 당신 떠난 후에라도 혹여 훼손될까 영원히 팔지 못할 땅으로 만들겠다던, 부친의 유언 같은 언질을 그녀는 기억하고 있었다. 부친께 진정으로 죄송했다. 흡사 자신이 만행이라도 저지른 듯 죄송하고 참담한 심정이었다.

끝없이 허전하고 마음이 아팠다. 산판에 내려갈 적마다 부친이 산에 누워있어 정겹고 따뜻했던, 생전의 부모 찾아가듯 마음 든든하고 즐겁기도 하던 그 모든 것이 스러졌기 때문이었다. 부친의 기운이 서린 봉분은 그녀에게 친정이었고 장손 내외와의 불편한 관계를 희석시켜주는 둔덕이 되기도 했었다.

지난봄 꿈속에서 본, 당신의 봉분 가에 흰 옷차림인 채 하염없이 앉아있던 부친의 모습이 떠오르고, 왜 하필이면 당신의 유체가 분골이 되어 당신의 산에서 밀려

나던 그 봄에 그녀의 꿈에 나타났던 것인지, 구원의 몸
짓은 아니었던 것인지…. 그녀는 손등으로 눈물을 찍어
내며 거듭 죄송하다는 뼈에 저린 말을 읊조린다. 장손
은 종친회의 뜻을 따라 납골당을 짓고 조상들을 한자리
에 모셨다고 했지만, 당신에게 아들 후손이 없고 양자도
들이지 않아 미래의 봉분 관리며 조상관리 문제 등 여러
가지 측면으로 앞서 적극성을 띠었을 것임은 짐작할 수
있었다.

　수십 년 전, 그녀가 부친에게 대학진로 문제를 상의했
을 때 부친은 진주농과대학에서 원예학을 전공해 봄이
어떻겠느냐고 했다. 다른 딸들과 달리 유난히 산과 흙과
나무를 좋아하는 끝 딸의 성향을 일찍 파악하여서인지,
아니면 당신의 농장운영에 참여시키기 위해선지 부친은
그렇게 말했고, 그녀는 인문학을 전공하고 싶다고 했다.
부친은 더 강요하지 않았지만 뭔가 많은 것을 생각하는
듯한 표정이었다.

　"… 아버지… 저 이제, 너무 늦었지만, 아버지가 만들
어 놓으신 생명의 산실에 진입할 것입니다. 그 산은 아
버지의 순수한 영혼이 범람하던… 진정 아버지의 크나
큰 가슴이고 아름다운 생명창조의 산이었습니다…"

그녀는 부친의 봉분 말살로 북받치던 격정을 서서히 가라앉히며 마음의 안정을 찾는다.

상경하고 닷새 후, 그녀는 장손에게 지주의 승인 없이 불법으로 남의 땅에 식수된 귀하의 나무들을 한 그루도 빠짐없이 뽑아내어 달라는 내용증명을 보냈다. 말로서 해결이 되지 않으니 서류로 시작하여 끝내는 법정투쟁에까지 이를 수 있는 장치의 근거로 그녀가 먼저 행동에 옮긴 것이다. 형제인 끝동생이 감히 하나뿐인 오라비에게 이럴 수가 있느냐며 펄펄 뛰듯 경악한 장손은 그간 말로서 읊조리던 내용을 그대로 답서로 보내왔고, 그녀는 또다시 조목조목 이유를 들어 장손의 요구가 합법적이지 못하고 억지주장임을 지적했다.

"땅은 네 땅이어도 그 위의 정원수는 내 재산이다. 네가 내 나무를 전부 매입해서 어떻게 처분하든, 네 땅을 사용하려면 그 위의 나무를 먼저 사야 한다. 그렇지 않으면 내 나무가 팔릴 때까지 기다려야 한다. 그 땅은 내가 20년이나 나무농사를 짓고 관리해 왔으므로 그럴 권리가 있다. 그리고 그 땅은 아버지가 생전에 누이들에게 준 것이 아니라 어떤 형식이든 내가 직접 넘긴 것인데,

핏줄인 오라비에게 이럴 수가 있단 말이냐. 설령 나무를 옮기더라도 인건비와 그것에 소모되는 제반 비용을 네가 부담하고, 20년간의 관리비를 지불해야 하거늘, 그냥 나무를 빼내달라니 말이 되는 소리냐."

장손의 주장은 대충 그러했다.

서로의 입장을 강조하는 내용증명은 3, 4차례 오갔지만 장손도 그녀도 한 치의 양보가 없었다. 그녀는 더 이상 에너지를 소모할 필요가 없다는 판단을 내리고 최후통첩 같은 내용을 기재했다.

"엄밀하게 따지면 내 땅 위의 모든 나무는 나의 소유로도 볼 수 있다. 그러나 귀하의 소유로 인정하여 이전하기를 수차례 원했다. 귀하가 강조하는 핏줄 운운의 우애는 귀하가 먼저 저버렸다. 본인은 귀하에게 내 땅의 관리를 의탁한 바 없을뿐더러, 귀하는 20년을 본인의 땅을 지료 없이 불법 이용했다. 내년 3월까지 귀하의 모든 나무를 이전시키고, 지난 3개월부터 소급하여 매월 지료를 지불키를 원한다. 귀하가 직접 누이들에게 판매 형식으로 지분을 배분한 것은 형제들의 동의 없이 부친의 전 재산을 특별조치법에 의해 귀하 앞으로 상속했기 때문이다. 본인이 요구하는 것을 이행치 않으면, 본인은 귀하를 상대로 부친의 토지상속에 대한 원인무효소송을 C지법에 제소할 것임을 밝혀둔다."

그녀는 매정하다 싶을 만큼 문장을 요약하여 장손에게 우송했다. 그녀가 나름대로 법적상황을 파악하고 있었음은 법 전문가인 절친한 친구의 도움을 받았기 때문이었다.

1~2주 걸리던 장손의 답서가 5일 만에 그녀에게 도착했다. 종전과 같은 긴 말의 주장이 일체 없었다. 내년 3월이 아니라 금년 12월까지 나무는 모두 뽑아내겠으니, 지료는 없게 해달라고 했다. 그녀는 지료가 목적이 아니었으므로 흔쾌히 그렇게 하겠다고 답서했다.

20여 년을 버티며 땅을 내놓지 않던 장손의 너무 간단한 승복에 그녀는 실소를 머금었다. 실제 제소가 되었을 때, 부친의 땅을 거의 매매해버린 장손이 자기가 팔아버린 땅의 건건마다 원인무효소송에 연루되어 혼란이 일어날 것을 생각하니 아뜩했을 수도 있었다. 필히 법무사나 변호사를 찾아 자문을 받았음이 분명했다. 장손은 약속대로 그 해 12월까지 그녀 지분의 땅에 심겨진 그의 나무들을 모두 뽑아냈다.

그녀는 다음해 3월 약 40년 교사생활을 마감하고 자유인이 되었다. 사뭇 보수적이고 경직된 삶 속에서 나름대로 바르게 살아가고 있다는 자부심은 바로 자신을 묶는 구속이기도 했음을 그녀는 정년을 하고서야 새삼 느꼈다. 그녀는 새롭게 치솟는 열정과 의욕으로 천리 밖 지리산 자락의 산판으로 오르내리며 자신의 제3기 인생, 3모작을 위한 준비로 동분서주했다.

지대가 높은 땅의 초입부에 신형 컨테이너를 옮겨놓고 임시 침구와 약식의 주방기구를 들여놓은 후, 장손의 나무들이 뽑혀져 나간 휑한 자신의 산판을 둘러보았다. 산에는 큰 나무를 뽑아낸 흙구덩이가 마치 포탄 맞은 것처럼 여기저기 패여 있고 쓸모없는 잡나무와 남의 무덤 8기가 산의 중심부에 박혀 있음이 드러났다. 나무들이 숲을 이루었을 때는 완전히 파악하지 못한 무덤의 숫자였다. 그녀는 당황하여 일주여에 걸쳐 무덤들의 주인을 찾아냈고 그들은 조상들이 50여년 전에 남의 땅에 슬쩍 시신을 묻었지만, 그러나 긴 세월 자리했던 권리(50년 이상 되면 지주 쪽에서 이장비를 지불)로 적지 않은 이장비를 요구했고 6개월여에 걸쳐 그녀는 이장비를 지불하고 무덤 건을 해결했다. 무덤의 후손들은 당신의 조상들이 남의 땅에 시신을 남몰래 묻었지만, 분명히 불법이고 자랑스러운 행위는 아닌데도, 너무나 당당하여 오히려 지주를 위축되게 했다. 또한 근거 없는 이장비를 가능한 높이 요구했지만 그녀는 "조상이 저지른 일이라 부끄러워 할 것까지는 없더라도 좀 겸손해야 되는 것 아니냐"며 요구액의 절반으로 낮추어 해결을 본 것이다. 그리고 이어 임야 5백 평을 대지로 형질 변경하여 토목공사에 들어갔다. 그런데 이때부터 장손의 길 막음 작전이 시작되었다.

인부들에게 당신의 사무실 앞으로 뻗쳐진 도로를 지나가지 못하도록 했다. 3미터 폭의 그 길은 지적도 상에 분명히 나와 있는 합법적인 도로임에도 당신 집 앞으로의 차량통행은 불가하다며 포크레인 혹은 자재를 싣고 지나가는 차량을 막거나 둘러가게 했다. 그 길은 당신의 땅이므로 차량이 진입하지 못하게 할 권리가 자기에게 있음을 주장했다.

장손의 주장이, 모든 일이 당신의 뜻대로 되지 못함에 대한 보복행위임을 알아챈 그녀는 가능한 그의 감정을 건드리지 않으려고 면직원을 중간에 세워 그 길이 지적도 상의 정당한 도로임을 밝히게 했으나 그는 듣지 않았다. 서슬푸른 외아들로 집안 운영에 두려울 것이 없었던 그는 어처구니 없게도 끝누이에게 제소提訴운운의 내용 증명까지 받고 산을 비워준 것이 심히 억울했던 모양으로, 그녀가 작업을 시작하기 전 선물과 술을 사들고 장손을 찾아갔을 때 그는 그녀와 말도 섞지 않으려 했다. 또한 산길에서 마주쳐 그녀가 인사를 하면 "너는 내 동생이 아니라"며 고개를 돌려버렸다. 그녀는 그런 장손을 이해는 했다. 딸 넷 속의 외아들인데다 부친의 사업을 함께 돕던 그는 무엇이든 아들 중심으로 해도 된다는 생활에 익숙하여 누이들과의 상담이나 동의를 얻는 일이 없었다가, 새삼 끝누이로 하여 강한 항의를 받았기 때문이었다.

그녀는 장손의 감정은 이해했지만 그의 가치판단이나 이기적이고 보수적인 권위의식, 비합리적인 주장과 논리는 개선해야 자신의 삶이 편할 것이라고 생각했다. 그러나 작업기사들에게 말로서 길을 막던 장손의 행위는, 더욱 구체적으로 강행되어졌다.

길의 양켠에 쇠막대기를 박고 쇠줄을 걸어 차량을 통제했다. 그녀는 허탈스런 웃음을 토해내며 굳게 박힌 한쪽 쇠막대기를 힘주어 뽑아내고 차량을 통과케 했다.

장손은 농장의 사무실에 매일 출근하는 것이 아니어서 그녀와 직접 부딪치는 경우는 드물었으나 두 사람의 감정은 다시 달구어지기 시작했다. 그녀는 장손의 길 막기 방해작전에 맞서면서도 일면 집터 후면의 경계지역으로 임시 도로를 만들었다. 비로소 땅을 찾고 임야의 일부를 형질 변경하여 대지를 만들고 집터 닦기의 토목공사로 접어드는데, 길 때문에 시간을 소모할 수 없었던 것이다.

그러나 다음날 장손은 바윗덩이 세 개를 길 위에 나란히 놓아두었다. 중장비를 이용하지 않고서는 옮길 수 없는 큰 바위였다. 그런 후 장손은 당신의 집이 있는 J시로 퇴근하고 없었다. 길바닥 가운데로 버텨 선 세 개의 큰 바위를 사람들의 힘으로 밀어내기는 엄두가 나지 않았고 부득이 장비를 이용하여 들어내야 하는데 당장에 제거할 수는 없었다. 부득이 토목공사와 집을 짓기 위한 자재차량을 그녀의 땅 안에 임시로 낸 도로를 이용해야 되었고, 운전기사들은 임시 길과 연결된 긴 산길을 돌아 고르지 못한 흙길에 바퀴가 빠지기도 하면서 불평을 터트리기 시작했다. 그들은 지주인 그녀에게 당장 경찰서로 신고를 하라고 부추겼다. 짐승 한 마리 다닐 수 있는 한 뼘 폭의 좁은 길도 막지 않는 법인데 감히 지적도 상에 나 있는, 차량이 다닐 수 있는 길을 막는 것은 범법행위로 신고하면 형사 처벌을 받을 수 있다고 했다.

세 덩이 바위가 길 위에 앉혀지고 대엿새 후에, 그녀는 포크레인 기사를 불러 바위를 밀어냈다. 그리고 차량을 그 길로 통과하도록 했다. 이어 그녀는 장손을 만나려고 사무실을 두 번이나 찾아 내려갔다. 그 때마다 장손은 자리에 없었다.

이후 길 위에 바위가 치워진 상태로 3~4일이 지났고 그녀 집의 공사 차량들은 무사히 통과했다. 이제 막을 방법이 없어 포기 했겠거니 싶을 만큼 일주여 가까이 방해물 부착이 없었다. 그런데 열흘째 되는 그날은 마침 그녀가 아들과 함께 장터에 부식물을 구하기 위해 차를 타고 그 길을 지나가려던 참이었다. 이번에는 차량이었다. 장손의 사무실을 눈앞에 둔 거리에 농사용 트럭 한 대가 길을 턱 가로질러 서 있었던 것이다. 아들이 차를 멈추고 운전대에 머리를 놓으며 고개를 설레설레 흔들었다. 그녀는 차에서 뛰어내려 장손의 사무실로 달려갔다. 문이 잠겨 있었다. 사무실 측면의, 장손이 세를 놓고 있는 식당집의 사장을 찾았다. 식당주인이 민망스런 표정으로 다가오면서 먼저 궁색한 말을 했다. "지난번 바위를 치우는 걸 막지 못했다고, 회장님이 크게 화를 내시면서 추럭을 세워 가로 막으라"고 지시했다는 것이다.

"당장 트럭을 치워요. 한 번만 더 이런 짓을 하면 식당 아저씨를 정식 고발할 테니 그리 아세요—"

식당주인이 민망스런 웃음을 머금었다. "중간에서 나, 참 죽겠네…" 운운하며 길을 막은 트럭을 옆으로 비꼈다. 그녀의 아들이 한마디 거들었다.

"지금까지 한 분뿐인 우리 외삼촌이셔서 참고 참았는데, 이제는 더 참기가 힘들다고, 아저씨가 좀 전해 주십시오."

아들의 말이 효험을 본 것인지 식당주인을 고발하겠다는 그녀의 말이 효과를 본 것인지 아니면 막을 방법이 더는 없었던지, 그날 이후 장손의 사무실 앞에서 그녀의 산판으로 이어진 외길은 쇠줄로도 바위로도 트럭으로도 더이상 막히지 않았다.

그녀는 드디어 자신의 산판 일부를 형질 변경하여 흙집을 짓고, 그리고 산 전체에 감나무 모종을 심었다. 부친은 각종과수를 심어 접椄을 붙여 과수모종을 만들고 장손은 정원수 농사를 지었지만 그녀는 산청의 특산품인 곶감을 만들기 위해 온 산에 고종시 모종 8백 주를 심었다. 흙집 주변으로 채마밭과 매실, 사과, 복숭아, 석류, 포도나무 등을 골고루 심어 산을 찾는 가족들 특히 손자들이 즐길 수 있도록 신경을 썼다. 풀베기, 거름주기, 농약치기 등 감나무에 열과가 튼실하게 맺혀 완전한 곶감이 만들어지기까지의 산판의 일들이 적지 않고, 60대 초반의 연령이 젊지 않다는 생각이 들었지만, 그녀는 비로소 자신이 세상에서 이루어야 될 업業을 맞이하는 듯한 운명적인 무엇을 느꼈다. 그 기분을 표현함에 적절한 언어가 떠오르지 않았다.

그녀는 아버지의 봉분 자리가 있던 양지 바른 터를 찾았다. 시간이 될 때마다 수시로 그곳을 찾아 끝딸을 잔심부름꾼으로 꽁무니에 달고 이산 저산 돌아치며 나무 이름을 일러주던 부친의 정겨운 기운을 느끼곤 했다. 흙을 사랑하고 흙 속의 생명 키우기를 그리고 세상에 그 생명을 퍼뜨려 풍성함을 펼치려 했던, 낙천적이면서 가슴이 한없이 열려 있었던 부친의 기운을 그녀는 애써 더듬으려 했다. 수십만 평 야산 전체가 그의 낙원으로 원대한 꿈이 맺혀 갈 무렵 세상은 부친을 더 머물게 하지 않았고, 당신의 피와 살점인 큰 산판은 남의 소유로 없어져버렸다.

부친 떠난 지 30여 년. 장손이 소유하고 있는 땅은 그의 사무실 주변으로 기천 평에 불과했다. 당신의 산을 생명 창조의 산실로 만방에 펼치겠다던 부친의 꿈은 1대도 이어지지 못하고 그렇게 소멸하여 졌다. 부친이 즐겨 쓰던 아호雅號는 장손이 세 준 식당 옥호로도 전락하고 부친이 당신의 산에 머물기를 간절히 원했건만 그의 유골은 분쇄되어 답답한 납골당에 갇혀버렸다.

3년 후. 감나무 모종은 땅 냄새를 맡고 뿌리를 내렸으며 그녀의 삶은 기쁨으로 충일했다. 한 달이면 두세 번은 부친이 그녀의 꿈에 나타났고 다음 날은 종일 그 꿈의 여운으로 마치 부친과 농사를 함께 짓는 듯한 기분을 느끼곤 했다.

봄비 내린 후 햇살이 온 산에 가득하여 눈이 부신 날.

하늘이 가을 한낮처럼 청명하고 햇살은 마치 온 산에 금싸라기로 뿌려진 듯 황홀한 날이었다.

그녀는 흙집 서재에서 한지에 정성스럽게 싼 소나무 목판을 안고 그녀의 산 제일 높은 곳으로 향한다. 그 곳에는 부친이 씨 뿌려 고목이 된 몇 아름의 벚나무가 있었고 수백 년 된 원시림 노송도 듬성듬성 자리하고 있었다. 그 고목들 사이로 백여 평 됨직한 공터가 있었고(그녀가 일부러 모종을 심지 않았다), 그녀는 그곳에 이르러 한지 속의 소나무 목판을 풀어낸다.

"아버지! 여기, 언제든 오시면 쉬실 집을 만들어 드릴게요. 아버지의 산이 한눈에 보이는 명당이에요! 영혼은 이곳에서 쉬십시오…"

그녀는 소나무 목판을 햇살이 쏟아지는 공터의 입구 켠에 조심스럽게 세운다. 목판에는 '우농愚農의 집'이라 새겨져 있고, 우농은 그녀 부친의 아호雅號였다.

〈終〉

봄날은 간다

봄날은 간다

희수稀壽를 넘긴 선배가 "늙어지니 자유로워져서 하늘
을 훨훨 날 것 같다"는 표현을 한 적이 있었다. 그때는
단순히 가파른 삶에서 할 일을 모두 끝냈거나 노쇠로 인
한 신체의 기능부진으로 제반 집착에서 마음을 비워냈
기 때문이라 헤아렸다.

아니면, 삶의 갈피마다 켜켜이 찌든 감정이나 끝없는
욕망 따위가 여든에 이르면 저절로 몸 밖으로 빠져나가
몸체가 새털처럼 가벼워지려니 싶었다.

그런데 선배의 의중은 색깔이 달랐다. "늙어 쭈그러지
니 사람들 특히 남정네의 관심 밖으로 밀려난 것이지.

화장 안 한 맨낯에 편한 차림으로 밖에 나가면 동네 영감들이나 노점 장사꾼조차 거들떠보지도 않아. 어느 한 구석 쓸만하고 볼만한 데라곤 없기 때문인 게지… 폐기물에 가까워졌다는 것이지…"

선배의 이어진 한숨 섞인 푸념은, 결국 사람들로부터 소외되었음에 대한 슬픔과 상처가 절망과 체념으로 버무려져 차라리 자유스럼으로 승화된 것인가 보다 생각했다. 하지만 선배의 말은 끝나지 않았다. "얼굴 주름이나 살갗 처짐이사 사방으로 잡아당기거나 보톡스로 채우거나 얼마간 변형을 줄 수 있겠지만, 몸뚱이 구석구석에서 찌그럭뻐그럭 무너지는 노화의 기성을 생각하면 지극히 자연스런 우주의 섭리이거늘, 어찌하여 유독 외모의 추락에만 신경이 날카로워지는지…. 눈감을 때까지 철들기는 글른 것 같어…"

결국 선배의 "늙어지니 자유롭다"는 말은 고령으로 삶의 중심축을 스스로 내어주고 얻은 마음의 해탈이 아니라, 사람들, 특히 남성들로부터의 무관심이 외형의 추락에 기인했음을 자탄하는 절망의 비명에 다름 아니었던 것이다.

여든 턱 아래의 선배는 철들지 않았다는 말로 유독 외

모에 민감한 자신을 덮어보려 했으나 선우여사는 지극히 정상적인 그녀의 정서에 깊이 공감하면서 숨을 뿜어낸다. 여든, 아흔을 넘겨 피부며 오장육부가 기능노쇠로 휘청거려도 아름다움을 고수하려는 여성적인 특질만 뇌속에 고스란히 남겨둔 조물주의 의중에 차라리 익살끼가 스며있다는 생각을 해보며, 그녀는 퍼지르고 앉았던 채마밭에서 몸을 일으킨다.

허리며 무릎께에 통증이 가해지면서 아이구…란 신음이 절로 터진다. 어느새 햇살이 채마밭으로 노랗게 쏟아져 어언 10시경은 되었으리라 어림해 본다. 미명이 트던 5시경에 밭으로 들어섰으니 자그마치 4시간여를 잡풀속에서 엎드렸던 셈이다. 엉덩이께에 동그란 앉을방이를 받쳤지만 몇 년을 짓눌려 꺼져버린 그것은 몸을 보호해 주는데 별반 도움이 되지 않았다. 삐걱거리는 양 무릎을 가까스로 일으켜 세우고 허리에 두 손을 받쳐 앞가슴을 천천히 뒤로 젖힌다.

긴 시간 계속 구부려 호미질을 했으니 허리와 가슴을 펴주는 역운동은 반사적인 것이지만 최근 들어 그녀는 그런 과정을 곧잘 잊어버린다. 신체가 원하여 본성적으로 이루어지던 몸짓이 운동신경의 둔화 때문인지 그것

마저도 번번이 놓친다. 고개를 숙이고 차판 위의 콩을 고르다 출입문께의 벨 소리에 얼굴은 들지만 앉음자세 그대로 바닥을 쓸며 현관께로 나가기도 한다. 콩을 고르던 익숙한 자세 그대로가 편해서가 아니라 신체와 신경계의 반응이 무디어진 탓이라 자탄도 한다.

허리를 뒤로 젖히자 구름 한 점 없는 맑은 하늘이 한눈에 들어왔다. 4월초의 하늘이 마치 가을 녘처럼 청명하고 햇살이 눈부시다. 허리나 골반께로 주먹에 힘을 실어 쿵쿵 두드린다. 그리고 상체를 꼿꼿이 곧추 세운다. 허리가 90도로 꺾여진 꼬부랑 촌노의 모습이 문득 뇌리를 스치다 스러졌기 때문이다.

"여사님 나오십시오. 제발, 한 번 만나 봅시다! 늙지 않은 사람이 어디 있다구요. 모두가 일흔 초반에서 중반이요. 이미 떠난 사람들도 있어요. 여사님의 참여를 여러 동인들이 기다리고 있는데… 계속 불참하시면 자칫 오만하고 옹졸한 사람으로, 비쳐질 수도 있어요…"

휴대폰에 문자로 날아온 최정욱의 마지막 말이 계속 마음에 걸려 편치가 않았지만, 그녀는 고개를 젓는다.

중·고교 시절, 문학클럽 회원들이 모여 구성된 출향 작가 모임의 문향회文香會. 수십 년 전 창립 당시의 발기

인으로 그녀도 명단에 올라 있었지만, 빡빡한 1인 4역의 가정사와 직장생활로 참여하지 못했다. 숫제 그 조직을 잊고 있었다. 그러다 종심을 넘긴 늘그막에 이르러 다시 참여를 독촉해와 그녀는 그렇게 하겠다는 대답만으로, 여전히 머뭇거렸다. 이제사 삶의 큰 고비 다 넘기고, 젊어지고 싶어 발광하듯 사는 남편과의 호젓한 생활뿐으로 그 어느 때보다 여유스러운데도 이런저런 이유로 불참했던 것인데, 이제 동인들의 노골적인 비방까지 감수해야 될 상황이라 어떤 형태로든 용단을 내려야 했다.

그녀가 참여를 힘들어 하는 것은 소녀시절의 동인들을 50여 년 만에 일흔 살을 넘어 만나야 한다는 사실 때문이었다.

젊어서부터 계속 함께 어우러져 서로가 늙어감을 봐왔으면 이렇듯 남감하지 않으리라 싶었다. 당시 동인들의 절반이상이 소년들이었다. 광채 흐르던 눈빛으로 소녀들 주변에서 잘난 척을 구사하던 싱그럽던 그들을, 반세기를 넘겨 엉거주춤 노인들로 맞이하고 더불어 꺼칠한 노파로 모습을 드러내야 할 자신의 입장이 편치 않은 것이었다. 숱 많고 윤기 흐르던 머릿결은 백발로 성글어지고 이맛살 눈가 인중의 팔자 주름 등은 골이 깊어 흉물

스럽고, 처진 살로 넓데데 퍼져버린 볼살이며 노동으로 굵어진 손등에 시퍼렇게 불거진 동맥줄이며, 선배의 외모에 대한 과민반응이 바로 그녀의 아픔으로 다가왔기 때문이었다. 모두의 무관심이 차라리 자유로웠다는 팔순 문턱의 선배 말이 위로가 될 수도 체념이 될 수도 있음을 새삼 깨달으며, 선우여사는 두 손으로 허리를 붙잡고 흙집으로 오르는 오솔길로 접어든다.

인기척에 놀랐던 것일까. 오솔길 아래의 수풀더미에서 산꿩 한 쌍이 푸드득 날아올랐다. 지리산 발치의 야산중턱에 흙집을 짓고 한 달이면 두세 번씩 들려 채마밭도 가꾸고, 8백여 주의 어린 감나무도 보살피는 생활이 5년여 계속되지만, 그녀는 산속 생활이 익숙지가 않았다.

남녘이어설까. 이른 봄인데도 산은 온통 봄빛으로 흐드러졌다. 산벚꽃의 붉은 봉오리가 사방에서 향기를 뿜어내고 연초록 푸르름이 눈을 부시게 하지만, 4시간여 호미질에 지치고 예민해진 탓인지 산꿩의 날아오르는 소리에 그녀는 유별스레 화들짝 놀란다.

"이놈들아— 아침부터 무슨 연애질이야—"

산판에는 유독 꿩이 많았다. 어린 감나무 주변으로 풀

을 베다보면 이곳저곳 무성한 수풀 속에서 장끼와 까투리가 날아올랐다. 한 마리가 아닌 암·수 두 마리가 거의 동시에 튀어나와 처음에는 놈들이 날아올랐던 풀숲을 일일이 뒤적였다. 풀숲에는 놈들의 둥지가 있을 것이고 꿩알이라도 줏을 수 있을 것이라 생각했다. 그런데 매번 허탕이었다. 둥지도 없고 알도 없고 암수가 사랑을 나누었을 법한 흔적도 없어 허전한 기분으로 주변의 수풀을 순식간에 낫질 해버리는 심술을 부리기도 했다. 더러는 까투리가 두세 마리 어린새끼와 함께 풀숲에서 뛰쳐나오기도 하여 "미안 미안, 괜찮아 괜찮아…" 주절거리며 오히려 그들로부터 몸을 피해주기도 했다.

척박한 임야에 감나무 과수원을 만들어 보겠다는 그녀의 꿈은 베어도 베어도 끊임없이 솟구치는 억센 잡초들로 지쳐 휘청거리면서도, 가끔은 흙집의 앞마당과 채마밭과 산판을 제집처럼 넘나드는 고라니와 산토끼 산고양이들로 그나마 숨통을 틔웠다. 외진 산 중턱이라 온종일 사람 구경은 할 수 없어도 생명 있는 것들의 종횡무진 누빔은 차라리 위안이 되었던 것이다. 채마밭의 고구마를 3년 내리 멧돼지들이 내려와 난장판을 만들었어도 "오냐, 같이 살자. 애초에는 여기가 너들 영토가

아니었겠냐" 어쩌고 중얼거리며 실제 그렇게 억울하지
도 않았다.

　신기한 현상은, 산판과 흙집마당을 누비는 동물들이
대체적으로 한 쌍이 함께 움직인다는 점이었다. 그녀
는 가끔 당신 남편도 산동물들처럼 자신의 주변을 맴돌
아 주었으면 간절하게 원해보았지만 그렇지 못했다. 젊
게 오래 살고 싶어 안간힘을 쓰는 동갑내기 남편은 농사
일에는 전혀 관심이 없었다. 어쩌다 흙집에 내려오면 엄
나무와 오가피 잘라 토종닭 백숙 만들기, 솔숲으로 들어
가 송이와 복령茯笭 찾기, 장날 저잣거리에서 약초 구입
하는 일 외는 휴양하러 내려온 졸부처럼 며칠간 폼만 잡
다가 혼자 상경했다. 애초 임야의 개간을 심하게 반대했
던 터라 선우여사는 그러려니 내버려두었다. 50년을 어
우러져 살면서 40년은 싸움만 하고 10년 정도는 그럭저
럭 맞추며 지낸 일생이었지만, 일흔을 넘어서까지 서로
를 구속하기에는 여생이 너무 짧아 피차 하고 싶은 대로
버려두고 있는 형편이었다. 그러나 혼자 산판에 내려와
농삿일을 하면서부터 그녀는 남편의 협조가 아쉬워 일
안 해도 좋으니 옆에서 말동무나 되어달라 부탁했지만,
그는 농사지어 밥 먹고 사는 것도 아닌데 자초하여 벌인

일, 힘들고 지치면 그만두라고 한마디로 잘랐다.

"삶의 참 맛도 모르는 불쌍한 사람 같으니…. 생명을 길러내는 일이 얼마나 경이롭고 큰 기쁨인 줄도 모르니…"

선우여사는 쉼호흡을 길게 뿜어내며 흙집으로 오르는 소나무밭 오솔길을 지나 바위들로 쟁여진 축대 위로 기어오르기 시작한다. 둘러가는 편한 진입로보다 팔 다리 몇 번 휘둘러 엉금엉금 기어오르는 편이 전신운동도 되면서 흙집까지의 거리가 빨랐기 때문이다.

흙집 앞마당이 한눈에 보이는 축대의 마지막 바위를 붙들고 고개를 들자 널따란 강돌 마당 위로 누런 들고양이 한 마리가 가로 뛰어 골짜기 쪽으로 달아난다.

"야—"

선우여사는 반사적으로 그냥 소리를 내질러 본다. 울타리도 흙담도 없고 한 달이면 대엿새 인기척이 있을까 사람이 사는 것 같지 않은 산중턱의 흙집 주변이 마치 제놈들의 아지트인지 사방에 분변을 뿌려놓고 수시로 넘나든다. 더러는 마당 위로 기어나온 뱀도 물어 죽여 놓는다.

그녀는 강돌마당 가운데서 지친 몸을 무너지듯 부려놓

는다. 두 다리를 쭉 뻗는다, 잔디 대신 작은 강돌 몇 트
럭을 흙 마당에 깔았는데, 3, 4년이 지나면서 강돌사이
로 생명들이 솟아 완전히 풀밭으로 변했다. 매년 뽑아
내도 매년 솟았다. 쑥, 엉겅퀴, 금잔화, 고들빼기, 들깨,
참취, 백합, 작약까지 솟는다. 마당 둘레의 긴 화단에 심
겼던 화초들이 언제 마당전체로 홀씨를 뿌렸는지 사뭇
가관이다.

　뒤란의 화단에는 연초록 부추가 소복이 솟구쳐 있고
작년 가을에 심었던 빨간 상추가 겨울을 살아남아 봄
햇살을 받아 윤기를 머금고 있다. 겨울 지나 첫 번째 솟
구친 부추는 유난히 힘과 향이 좋아 장모가 사위에게
딸 괴롭힐까 절대로 먹이지 않는다든가, 선우여사는 빙
긋 웃음을 비죽이며 옳거니 무릎을 친다. 노동으로 골
골대는 늙은 몸뚱이에 힘을 실어주려니 화단께로 다가
간다. 손끝으로 연초록의 부드러운 부추를 따고 어린
애쑥도 뿌리째 뽑는다. 화단둘레의 돌 틈새로 동전만큼
자란 여린 머위도 꺾고 빨간 상추도 잎을 딴다. 그리고
땀에 절은 장화와 밀짚모자를 벗어 바람과 햇살 가득
한 마당으로 환기시키려 내던지고 흙집 속으로 들어간
다. 정오에 가까운 시간이지만 조반 겸 점심 요기를 위

해 뜯어온 새싹들을 씻어 쌀가루와 밀가루를 묻혀 전을 지진다. 쌉싸름한 상추를 한 움큼 손바닥에 펼쳐 그것들을 싸서 허기지듯 우적우적 씹는다. 차가운 매실주도 반주로 곁들인다.

"그래, 이 맛이야! 이런 풋내 즐기려고, 말년을 이렇게 사는 거지…."

휴대폰이 자지러지게 울었다. 적막강산이었을까, 휴대폰의 울림소리가 유난히 크고 덜덜 떨었다. 그녀는 소리가 멈추기를 기다린다. 누구의 전화든 혼자 즐기는 순간을 깨고 싶지 않아서다. 소리가 끊어졌다. 그러나 곧이어 발작하듯 다시 소리가 터졌다. 그녀는 더 이상 버티지 못하고 엉덩이를 밀어 차탁 위의 휴대폰을 집는다.

"여사님! 최정욱입니다. 어저께 문자 드렸는데 못 보신 것 같아서요. 이번 출향작가 워크샵은 부산 동인들이 초청키로 했습니다. 꼭 참석하셔야 됩니다. 이번에도 불참하시면, 우리가 지리산 산판으로 찾아가기로 했습니다. 행사 일정표 문자로 찍겠습니다. 그럼 이만…"

최정욱이 자기 말만 하고 일방적으로 전화를 끊어버렸다. 의도적으로 그녀의 즉석반응을 피하는 것 같았다.

그녀는 그냥 내버려둔다. 확답을 못하고 매번 얼버무

리는 자신에 스스로도 짜증이 나 있었기 때문이다.

"그래, 간다, 가— 볼이 붉던 수줍은 소녀소년들의 아름답던 추억은 흙속 깊숙이 사장해버리고, 만나자— 쭈글져 일그러진 늙은 귀신들끼리 만나자, 만나 보자구—"

선우여사는 큰소리로 내뱉으며 드디어 마음을 정한다. 열대여섯 살 소년적 친구들을, 늙다리 영감으로 변한 민망한 그들 모습을 보는 일이 걱정되기보다, 자신의 몰골을 그들에게 노출시켜 허탈감을 안겨줄 일이 더 큰 부담이었지만, 자포자기적 심정이 되어 버린다.

그녀는 음식을 입에 문 채 화장품 그릇에 담긴 거울을 끌어당긴다. 흙벽 한 면이 투명한 유리창으로 실내가 바깥과 다름없는 채광 때문인지 책 표지 크기의 거울 속에 피로에 절은 늙은 여자의 맨살 얼굴이 꽉 찬다.

성글은 머리숱이 밀짚모자에 짓눌러져 민둥산 두상이 되어있고, 이틀 전 깔다구에 물린 왼쪽 눈두덩은 벌겋게 여전히 부어있다. 밭에서 튀어오른 흙 알갱이들이 콧등 처진 볼에 좁쌀처럼 붙어있고 턱에는 어인 지푸라기까지 매달려 사뭇 희극적이다. 그을은 살갗의 털구멍까지 투명하게 드러나는 밝은 '빛' 속에 직면한 적나라한 생얼굴이 그녀에게는 차라리 생소했다. 묘한 현상이 일어났다. 연륜의 흔적이 어느 한 곳 가림없이 도드라진 거울 속 여자의 일그러진 모습 안으로 단발머리 소녀의 앳된 얼굴이 점點처럼 생성되어 다가옴을 느낀다. 주름져 질 겨진 살갗을 뚫고 낡은 허물을 벗어내듯 천진한 눈빛의 소녀가 새싹처럼 솟구쳐 오름을 느낀다.

그녀는 고개를 내저으며 거울을 바닥 위로 소리 나게 엎는다. 순간적으로 만물의 이치가 그러하다는 긍정적인 생각이 뇌리를 스쳤지만 그녀는 고개를 젓는다. 완전히 파열하여 소멸될 허물이 되기에는 아직 아니라는 부정적 안간힘이 내면에서 들끓었기 때문이다.

"그래… 이제, 비로소 3모작의 시작이야. 외적 형상이 어떠하든 이제부터 왕성한 삶을 살 거란 말이지. 즐길 거란 말이지. 이렇듯 건강하게 살아있음 자체가 얼마나 행복한데, 할 일은 산더미처럼 쌓여있고, 성취 때마다 벅차오르는 희열은 육체적 변화에 비할 바가 아니라구, 일의 과정도 고통도 즐거움의 하나이거늘, 지극히 어리석고 피부적인 감성은 이제 털어내는 거야, 만고에 쓸모없는 소모성 감정일 뿐이니까. 젊음으로 윤기 흐르던 외형적 아름다움의 세월은 이미 비껴갔거늘, 섭리인 것을. 생각의 틀을 바꾸는 것이지. 육체의 쇠락함을, 전신의 기능이 노쇠하여 역동적이지 못한다 해도 기우는 그 모습 또한 아름답게 생각하는 것이지. 그래, 아직은 퍼렇게 살아있는 내면으로 추락의 모습을 훈장이듯 당당하게 과시하는 거야, 위축될 하등의 이유가 없는 것이지, 대자연의 섭리는 가장 위대하고 절대적이며 가장 아름다운 과정의 작품이니까… 바로 진정한 자유의 상태가 되는 길일 터이니…"

선우여사는 세상에 항변하듯 스스로를 다지듯 혼자 소리로 읊조리며 엎어 놓았던 거울을 다시 집어 든다. 그러나 거울 속에 꽉 찬 면상은 여전히 추하고 혐오스럽다.

얼굴의 성형을 타인을 위한 배려이자 예의禮儀로 숭상시하는 후배 H를 떠올린다. H는 외형적 아름다움의 지상주의자요 전도사다. "무엇을 믿고 자신을 그렇게 방치할 수 있느냐"고 그녀에게 말한 적이 있었다. 거의 성형외과 의사의 수준으로 여사의 얼굴을 디자인하며 10년 젊게 살 수 있음을 감히 방치하고 있다며 이해불가라고 했다. 앞으로는 인공심장 · 인공폐장 · 인공콩팥 · 인공각막 등 인체의 오장육부도 인공장기로 바꾸어 시설하여 더 오래 살 수 있는 세상이 도래하고 있는데, 까짓 얼굴성형이야 가장 기초작업이거늘 미련하고 뻔뻔하고 이기적이고 야만스럽다고도 했다.

선우여사는 다시 거울을 엎어버리며 씁쓸한 미소를 머금는다. 세상이 참으로 많이 변하긴 했지만 근원적 섭리를 역으로 바꾸는 삶은 인간의 역할이 아니라고 중얼거려본다.

사흘 후. 선우여사는 상경할 채비를 서두른다. 출향동인들의 부산모임에 기어이 참석키로 작정하고 나자 공연히 마음이 바빠지기 시작했다. 억센 잡풀로 점령당한 화단과 채마밭 손질을 대충 마무리하곤 나물 앞치마를 허리에 두른다. 상경하기 전에 산판을 한 번 둘러보기위해서다. 언제나처럼 긴 장화와 밀짚모자 일회용 면장갑을 끼고 낫을 찾아든다. 햇살이 눈부셨다. 유난히 청명하고 화창한 날씨에 그녀는 봄기운을 한껏 취해보려 크게 심호흡을 한다. 산판 이곳저곳에 제멋대로 뿌리내린 산벚꽃이 사나흘 만에 활짝 만개해 있다. 춘분 지난 지 보름도 채 안된 것 같은데 온난화 때문일까 늦봄 같은 날씨다. 그녀는 마치 뜀박질이라도 하고 싶은 들뜬 기분이 되어 산판으로 내닫는다.

뽀얀 고사리가 어린 솔밭 사이 마른 잎 속에서 혹은

쑥 무리가 지천으로 깔린 언덕배기나 띠밭에서 수줍은 새댁마냥 곳곳에 솟구쳐 있음을 보면서 탄성과 함께 톡톡 꺾어 나물주머니에 담는다. 첫 고사리였을까. 뽀얀 몸통에서 분이 묻어나 손가락이 매끄럽고 부드러워진다. 연초록 참취는 뽀조록히 순을 틔우는 정도여서 다음 하산下山때로 미루고 남겨둔다.

야생의 산나물을 채취할 때마다 그녀는 마치 보석을 캐듯 그것들이 소중스럽고 즐거운 마음이 된다.

자연이 주는 천연의 약초며 산채를 채취하고 섭생하는 재미로 산에 흙집을 지었는지도 모를 정도로 여사는 봄 산판을 즐겨 누비고 다닌다. 두릅순은 엄지 첫마디만큼밖에 자라지 않아 아쉬움을 주었다. 그러나 그녀는 낫으로 가지를 당겨 어린 순을 꺾는다. 두릅은 번식력과 생장력이 강해 몇 년 전 한두 그루 보이던 것이 여섯 일곱 그루로 번져 가지마다 아기 순을 맺고 있음에 그녀는 횡재하는 기분이 된다.

바람든 산가시내처럼 들떠 휘돌아치는 자신의 모습에 그녀는 잠시 숨을 고르며 "어쩌겠어… 망팔이 되어가도 아직 철이 들지 않은 걸…" 웃고 만다. 머리는 맑고 아무런 상념이 없고 천진스럴 만큼 즐겁기만 했다. 시큰거리던 무릎도 뻐근하던 오른팔의 통증도 흔적 없고 숲 속 어디에선가 무명수건 머리에 질끈 동여맨 나무꾼이라도 나타날 것 같은 예감에 가슴이 설레이기도 한다.

두릅나무 아래켠의 무더기 진 찔레나무 숲에서 꿩 한 쌍이 인기척에 놀란 듯 푸드득 튀어 오르다 달아난다. 그녀는 함박 같은 웃음을 흘리며 돌팔매질도 군소리도 하지 않는다.

다음날, 선우여사는 서둘러 상경했다. 산청에서 부산으로 직행하는 버스도 있었지만 작업복 차림으로 흙집에 내려왔던 터라 서울로 되올라 갈 수밖에 없었다.

정확히 55년 만에 열대여섯 살적 동인들을 만나러 부산으로 내려갔다. 머리에 염색도 하고 퍼머 머리를 나름 정성껏 손질하여 덜 늙어 보이려 안간힘을 쓰고 연회장으로 들어섰다.

환한 웃음으로 반가움과 민망함을 버무렸지만 어찌 할손가. 황혼녘의 해운대 연회장에서 만난 모두가 경악하는 낯빛을 감추지 못한 채, 여사의 두 손을 그러잡으며 '잘 왔다!'고 환영했다. '진정 선우 여사 분명한가' 반문하면서도 가증스럽게 '하나도 안 변했네', '아직도 곱네'

기암하듯 놀란 표정과는 생판 다른 말도 했다.

초로의 노신사들로 우아한 노부인들로 변한 동인들의 모습이 모두들 멋져 보이고 진정 반가웠다. 그러나 긴 세월 따로 살아온 연륜만큼 어색함도 없지 않아 여사의 속이 편한 것만은 아니었다.

저녁 만찬에 몇 순배의 술잔이 돌고 고향 노래의 합창으로 분위기가 무르익을 무렵 문학동인들답게 시詩 낭송도 이어졌다.

목소리가 중후한 노신사 정鄭 시인의 즉흥시가 홀 안에 잔잔히 깔리기 시작했다.

봄날은 간다

　　　　　　정재필

꽃샘추위 잦아든 해운대 동백섬
동백꽃 흐드러져
봄날은 간다.

눈매 고왔던
갈래머리 문학소녀가

어느 자리에선가 성주풀이
멋들어지게 꺾어 재끼던
당찬 처녀가

어느새 반백머리 할머니 되어
소설집 원 없이 펴낸
곱게 늙은 여류작가가 되어
반세기만에 나타나
주름진 손 덥석 잡는데
속절없이 봄날은 흐르고

낮과 밤의 키 똑 같아지는
춘분 절기가 감격스러운지
해운대 바닷물도 뒤척이며
꺼이꺼이 목이 메는 봄 밤

7부 능선을 넘은 나이에도
아직은 설렘과 떨림이
남아서일까.
술잔은 넘치고

아아 봄날은 간다.

넓은 만찬장의 화기로운 소란스러움이 물을 끼얹은 듯
조용해졌다.
왤까. 선우여사는 눈귀로 모두어지는 물기를 손등으
로 찍어낸다. 민망스런 미소도 함께 머금는다.

〈終〉

인 생人生

인생 人生

주말 오전 10시경. 공동주택 4층과 5층에 거주하는 두 아들이 3층의 채희여사를 찾아 내려왔다. 한 지붕 아래의 친모자親母子지간이지만 여사가 그들의 얼굴을 마주보는 것은 열흘 정도 된다. 물론 그들은 출퇴근시에 며느리나 손자들처럼 3층 현관문을 열고 '다녀오겠습니다', '다녀왔습니다' 인사를 하지만, 손자손녀를 포함한 8명의 인물들에 소리로만 답례를 하기에, 차분히 마주볼 수 있는 두 아들의 내방은 반갑고 든든하다.

"둘이 함께, 어쩐… 일이냐?"

여사는 그들이 나란히 방문한 이유를 머릿속으로 떠

올려본다. 그러나 이렇다하게 집혀지는 것은 없었다. 다만 큰 아들이 수시로 "20년도 훨씬 넘은 이 건물을 허물고 10층 정도로 신축하면 어떻겠느냐"고 하던 말이 떠오르고, 둘째의 "복지사 임금이 너무 낮고 일은 많아 직종을 바꾸어보든 무슨 수를 내야 하겠다."던 말도 있어 그들 신상의 일인가 싶기도 하고, 아니면 휴가철도 되었으니 부모님 뫼시고 가족캠핑이라도 가자는 신선한 발상을 했을 수도 있겠다는 엉뚱한 생각도 빠르게 해본다.

그런데 그들의 표정은 밝지 못했다. 어둡다기보다 뭔가 조금은 복잡한 양상을 머금은, 일상적인 낯빛은 아니었다.

"아버지는… 주무세요?"

큰 아들이 건넌방 문 께를 바라보면서 먼저 입을 열었다.

"새벽 4시경에사 잠이 들었으니 점심녘에나 일어나실 거야"

여사는 비로소 두 아들의 내방이유가 남편에게 있음을 짐작한다. 당당하지도 떳떳하지도 그렇다고 위축된 낯빛도 아닌 그들의 표정에서 첫눈에 내용을 간파하지 못했음은 스스로 둔감한 탓이거나, 남편과의 삶이 익숙하여 문제화된다고 생각하지 않았기 때문이었다.

그녀의 남편은 요양등급 3급 진단을 받은 경증 치매환자였다. 머릿속에 생긴 물이 뇌의 조직을 눌러 뇌기능을 저하시키는 수두증水頭症 치매로 원인은 밝혀지지 않았고, 치료법은 뇌와 척추를 튜브로 연결하여 뇌 속의 물을 순환시키는 수술 요법 외는 이렇다 할 치료법이 없다고, 전문의는 진단했다.

남편은 수술 요법을 완강하게 거부했다. 당신은 머리에 칼을 대면 그대로 의식불명상태로 깨어나지 못할 것인즉 사지死地로 몰아넣지 말라고 비명을 내질렀다. 수술 치료를 권하던 가족들은 환자의 결사적인 거부로 속수무책인 채 햇수로 5년여, 특별한 요법이 없어 보약과 뇌에 좋다는 음식섭생으로만 간병하고 있었다.

수술 외에 치료법이 없다고 했지만 가족들의 따뜻하고 진정어린 보살핌은 그 무엇보다 남편의 질환 상태를 더 악화시키지 않고 치유될 수도 있을 것이라고 그녀는 확신했지만, 실제의 상황은 그렇지가 못했다.

환자의 증상이 1년 전 2년 전과는 점차 다른 형상으로 변하면서 그녀의 남편 돌봄은 마치 전쟁을 치르듯 매일 매일 핍박해져 갔던 것이다.

"저, 어머니…"

소파에 앉고서도 잠시 머뭇거리던 큰 아들이 먼저 입을 열었다. 그녀는 대답 없이 큰 아들을 바라본다.

"지난번에도 잠시 말씀 드렸지만, 아버지 시설로 보내 드리는 문제…, 좀 의논드릴까 하고…"

채희여사는 그들의 용건이 예측한대로 어긋나지 않음에 한숨 먼저 삼키며 가만히 찻잔을 들어 입으로 가져간다. 큰 아들은 더 말을 잇지 못하고 노모의 표정을 살피고, 둘째 아들은 슬그머니 일어나 그녀의 어깨에 뭉친 근육을 마사지로 풀어주려는 듯 다가앉는다. 형의 말을 즉석에서 거들지 않아도 함께 3층으로 내려와 노모의 어깨를 풀어 주려함은 '당신 힘들어 아버지를 시설로 뫼시자'는 형의 의도를 행동으로 동의하는 것임을 여사는 안다.

어깨의 뭉친 근육을 풀어내는 둘째 아들의 손이 따뜻하고 등줄기까지 시원해짐을 느낀다. 그들의 의도가 무엇이든 우선 신체에 닿는 아들의 손길이 진정 기분 좋고 고맙다. 세 살 때까지 모유에 대한 갈증으로 나오지 않는 젖을 아프도록 빨아대던 둘째의 입심(힘)이 손길로 옮겨진 것인지 마흔 넘은 아들의 큰 손 촉감이 참으로 시원하고 좋다. 그들의 표정이 그녀의 대답을 재촉하고 있든 없든 어깨의 쾌감에만 탐닉하던 여사는 누군가의 따스한 배려를 받는 일이 참으로 행복한 것이구나 새삼 쩡한 기분에 젖어든다. 칠십 평생 누구의 진정한 보살핌과 배려를 받아 본 적 없이 살았던 것 같아서다.

"시원하다! 오른팔과 팔목도 좀 만져주겠니?"

그러자 이번에는 큰 아들이 노모의 곁으로 다가 앉으며 바른 팔과 팔꿈치 팔목을 두 손으로 고루 힘주어 눌러준다. 둘째처럼 자주 곁을 주지 않는 큰 아들의 자발적인 봉사가 편안하기보다 조금은 어색했으나 그러나 곧 큰 아들의 손길이 더욱 따뜻하고 정겹고 시원함이 더한 것 같은 느낌이다. 세상에 태어나 가장 환희롭고 행복한 순간을 맞이하는 기분이 이런 것일까 싶어진다. 서른 해도 전에 사망한 친정부모께 자식이라곤 하나 뿐인 외딸이면서 왜 이리도 황홀한 봉사를 단 한 번도 해드리지 못했을까, 여사는 가슴이 아려진다. 이렇게 쉬운 일을…. 이제 부모 되어 경험하는 이 행복의 원천이, 혈육들의 보살핌과 따뜻한 체취임을 그땐 왜 생각지도 못했을까 싶다.

그녀는 문득 눈귀로 모두어지는 물기를 고개를 돌려

감추며 그들의 봉사를 멈추게 한다.

"됐다. 고맙다! 많이 풀렸다."

"어깨며 팔이며 근육이 너무 많이 뭉쳤어요. 집안일은 고사하고 아버지 대·소변 처치와 음식 해 올리기, 옷 갈아입히는 일만으로도 어머니 연세로는 무리라구요. 몇 년 사이에 얼굴 많이 상하시고, 탈모도 심해지셨어요. 생각을 좀 달리 해보시자구요…"

큰 아들이 처음 앉았던 소파로 몸을 이동시키며 본론으로 다시 돌아간다. 둘째도 큰 아들의 옆으로 자리하며 형의 말에 고개를 끄덕인다. 그녀는 당신을 생각해주는 아들 형제의 말이 틀리지 아니함을 알고 있다. 물론 당신만을 생각해서만 아님도 더 잘 알고 있었다. 그러나 그들의 뜻대로 할 수 없다는 그녀의 마음에는 변화가 없었다.

"내가 너희들에게 내 의사는 분명히 전달한 것으로 아는데, 어찌해서 또다시 거론하는 것이냐. 거듭 말하지만, 나는 너희 아버지를 요양소로 보낼 생각이 없다. 너희들을 세상에 태어나게 한 분이다. 왜 보내드리지 못해 신경들을 세우는 것이냐"

그녀의 음성은 경직되어 있었지만, 그러나 몇 달 전

큰 아들이 처음 그 말을 꺼냈을 때보다 섭섭하거나 화가 나 있는 것은 아니었다.

"시설 좋은 요양병원으로 아버지를 모시는 것에 어머니는 왜 부정적이시냐구요. 우선 아버지를 위해서이고, 그리고 어머니와 가족들을 보호하기 위해서라는 걸, 어머니가 더 잘 아시잖아요?"

큰 아들의 음성에 힘이 주어졌다. 둘째가 형의 말을 이으려 몸을 추슬렀다. 그러나 노모의 앞지르는 반응에 그냥 침묵해버린다.

"아버지는, 우리 가족의 핵심이시다. 그런데, 나는 혈육인 가족을 삭막한 시설의 타인에게 보내는 것은, 마치 그 가족을 식구들이 폐기해버리는 것 같다. 힘들고 위험하다고, 나 좀 편해지자고, 우리보다 더 힘든, 우리가 보호해야 될 핏줄인 식구를, 시설로 보내버린다… 어떻게 그럴 수가 있겠니… 아버지는, 이 세상에서 너희들을 가장 사랑하는 분이다. 어릴 적 너희들이 몸살기만 있어도 부둥켜안고 병원으로 달려가 울먹이던 분이다. 발 시릴까 운동화를 연탄아궁이 옆에서 덥혀주고, 술에 취해 들어와서도 너희들이 칭얼대면 등에 업어 재우던 분이다. 너희들 자라는 모습에서 살아가는 기쁨과 행복감을 느끼던 분이다."

그러자 두 아들의 표정이 잠시 다소곳해지고 시선을 아래로 내리는 듯 싶더니 비로소 둘째가 고개를 들어 노모를 바라본다. 밝고 긍정적인 성품의 둘째는 그녀를 부르는 호칭도 자유롭고 가족회의에서 대체적으로 그녀의 편에 손을 드는 입장인데 그러나 이 문제는 달랐다.

"엄마! 우리도 아버지를 사랑해요! 그래서 집보다 더 좋은 시설에서 치료도 받으시고, 비슷한 노인 친구들과 어울려 오히려 그 곳 생활이 즐거울 수도 있어요. 그리고 우리가 주말마다 찾아가 뵐 것이잖아요. 무엇보다, 엄마가 힘드셔서 안돼요. 아버지보다 엄마 먼저 깊은 병 드실까 우리가 마음을 놓을 수가 없다구요."

"나는 견딜만하다…. 너희들이 다시 생각을 좀 돌리면 안 되겠니? 아버지가 정신줄을 완전히 놓아버려 나도 너희들도 알아보지 못하는 중증의 백치 상태라 해도… 그런 상태가 되면 더욱 그럴 수 없겠지만…, 그런 내 남편 내 아버지를, 기계처럼 움직이는 남의 손에 어떻게 넘긴단 말이냐… 가족 전부 알아보고, 그 가족 속에 살고 있음을 행복으로 즐기는 아버지를… 어떻게 떠밀어내느냐 말이다…"

큰 아들의 얼굴이 붉어졌다. 그리고 조금은 격한 음성으로 말을 받았다.

"왜 그렇게 과격한 표현을 하셔요? '폐기한다', '떠밀어 버린다'는 말씀은 더 하시지 않으셨으면 좋겠어요. 우리 모두 아버지를 사랑하고 아버지가 가족의 핵심이심에는 분명하지만, 가족 어떤 누구도, 모두 핵심이기도 하거든요. 소중하지 아니한 가족이 없다는 말씀이예요. 가족 모두가 아버지로 하여 불편을 겪고 신체적 고통을 겪고 신경이 곤두서져 우울증을 겪을 정도라면, 어머니의 뜻만 고집하실 수는 없는 일 아니겠어요"

따지기 잘하는 큰 아들의 본성이 서서히 터져 나오려 하자 둘째가 얼른 말을 받았다.

"엄마! 우리 가족 모두를 위해서 일단 한 번 입소시켜 보시고, 아니다 싶으면 다시 모셔올 수도 있지 않을까요? 제 생각으로는 그렇게 한 번 시도해 보았으면 싶어요."

"나, 지금까지 시설에 입소시켰다가 다시 집으로 뫼셔온 사례가 있다는 말은 들어보지 못했다. 그런데…, 한 번 물어보자. 너희들은 아버지가, 너희들 아버지가 진정으로 불쌍하다는 생각은 들지 않니?"

"저는 어머니를 비롯하여 우리가족 모두가 안쓰럽고 불쌍해요…"

큰 아들이 조금은 목이 잠긴 소리로 대답하자 둘째는 그런 형을 바라보며 아무런 대답도 하지 않았다.

"너희 둘한테 한 가지만 더 물어보자. 너희가, 지금 아버지의 상태인데, 금쪽같은 네 자식들이, 지금 너희들처럼 시설로 보내겠다고 하면… 어떤 심정일 것 같으냐?"

큰 아들의 입귀에 빙긋 웃음이 머금어지는 것을 여사는 놓치지 않는다. 걸핏하면 당신들의 문제를, 아들의 입장에서 바꾸어 생각해보기를 강조하는 그녀의 습성이 또 나온다 싶었던 모양이다. 큰 아들은 거침없이 대답했다.

"저는, 몸이 성할 때, 할아버지 같은 상황이 되면 반드시 시설로 보내달라고 미리 말해 두겠어요."

둘째는 딱한 표정만 짓고, 침묵을 지켰다.

"너무 쉽게 대답하는 구나… 절대로 그런 상황이 되어서도 안 되겠지만, 만에 하나 된다 해도 철없는 자식들이 함부로 결정하지 못하도록 해라. 또… 한 가지 더 물어보자. 내가 지금, 아버지의 상태와 똑 같다면, 나도… 시설로… 보낼 것이냐?"

그녀의 가슴에 엉켜있던 진실로 궁금했던 속엣 말을 기어이 토해낸다. 남편과 자식의 문제가 소중타 해도 자신의 문제보다 뒷전이었던 것인지 사실은 처음 남편의 요양소 건 말이 나왔을 때 강렬하게 확인해 보고 싶었던 내용이었다. 자신이 그런 상황에 도달할 때쯤이면 남편은 그녀보다 먼저 사망한 이후일 것 같고, 그렇다면 자신을 보살펴줄 가족은 오로지 맞은 켠의 두 아들뿐으로, 그들 뜻대로 결정될 일인즉 확인해보고 싶었던 것이다.

자식 입장에서야 차별을 둘 수 없는 똑같은 부모이거늘 따라서 참으로 오만하고 곤혹스런 질문으로 볼 수도 있지만, 그래도 자식들에게 당신은 좀 다른 대우를 받을 어미일 것 같고 당당히 받을 권리도 있다는 자부심도 그녀는 내심 갖고 있었던 것이다. 살림을 모르는 남편에 비해 튼실한 직장인으로 집안 경제를 일으켰다는 세속적인 이유보다, 그들을 배슬러 낳고 혼신을 다해 키운 지극한 당신의 사랑이 그런 자부심을 갖게 했던 것이다.

두 아들은 그녀가 충분히 그런 질문을 거침없이 할 수 있는 성격임을 알고 있었고, 아버지의 시설 입소를 격렬하게 반대함은 곧 당신의 경우도 그러할 것임을, 이미 꿰뚫어 알고 있었으므로 놀라는 표정들은 아니었다. 그런데 누구도 먼저 입을 떼지 않았다.

"왜… 대답들을 안 하니? 내 물음이 새삼스러워서 그러냐?"

그녀의 억양에 조금은 날이 세워져 있었다. 그러자 둘째가 얼굴에 웃음을 달았다.

"우리 어머니는, 치매에 걸리실 분이 절대로 아니거든요. 항상 왕성한 뇌활동을 하시잖아요. 엄만 그런 걱정 안하셔도 돼요, 제가 보장할 께요!"

"치매가 뇌 활동의 정지와 뇌세포의 소멸로만 발병하는 것은 아니잖느냐. 중풍으로도 당뇨로도 우울증으로도 언제든지 누구에게든지 올 수 있는 질환이거늘, 나에게만 오지 않는 법은 없지. 말 돌리지 말고 대답들 해봐"

그러자 큰 아들이 나섰다.

"어머니가 원하시는 대로, 해 드릴께요. 언제라도 최종 마음결정을 하시게 되면, 말씀해 주십시오"

답은 이미 뻔히 나와 있는 것과 다름없는데, 아들은 다시 더 생각해보라는 듯 시간적 여유를 주는 대답을 했다.

선명한 답안을 두고 즉답을 피함이 마치 시설로 보낼 수도 있다는 가능성을 염두에 두는 듯 하여 여사는 순간

무너지는 느낌을 갖는다. 그녀는 잠시 눈을 감았다가 뜨며 애써 이성을 되찾는다.

당장은 어이없고 섭한 느낌이었지만 그녀는 큰 아들의 반응이 차라리 지혜롭다는 생각을 갖는다. 남편 문제는 당당하게 주장할 수 있을 것 같은데. 그들 외에 보호자가 없을 자신의 문제는 더 많이 깊이 생각해보아야 제대로 후회 없는 결론이 나올 것 같기 때문이었다.

큰 아들이 말을 이었다.

"산소 문제라든가… 어머니가 생전에 결정하실 수 있는 제반 문제들을, 한꺼번에 말씀해주셔도 좋고… 서류로 남기셔도 좋고… 분명히 해두심은 저희도 좋아요. 다만, 아버지 시설 입소 건은 다시 한 번만 더 생각해 보시고, 좀 빨리 최종 확답을 주시면 고맙겠어요."

큰 아들이 결론짓듯 말하면서 몸을 일으켜 식탁 위의 보리차를 따라 마신다.

"내 생각에는 변함이 없을 게다. 너희들도, 입장을 바꾸어서, 아버지의 입장이 되어서…, 너희들을 당신의 생명만큼 사랑하고, 너희들을 세상에 태어나게 해준, 너희들의 생명일 수도 있는, 아버지의 입장이 되어서… 우리 함께 좀 더 생각해보자, 그리고 나, 말이다. 백 살까지

살테다. 너희들이 일흔 넘어 내 나이 될 때까지 살 것이
니. 기다리지 말고, 마음 느긋하게들 가져라-"

아들 둘이 한꺼번에 웃었다.

"제발, 그렇게만 사십시요!"

둘이 동시에 소리쳤다. 그리고 두 아들은 4층과 5층
그들의 집으로 돌아갔다.

결국 남편의 시설 입소 건은 원점에서 맴돌다 해결을
보지 못한 채 끝나고 아들 둘은 마치 정담이라도 나눈
후처럼 웃으면서 각자 집으로 올라갔지만, 그녀의 심중
은 심란했다. 그들 방문의 주제는 분명히 남편문제였는
데, 그리고 자신은 아직 때가 아니다 살았는데, 왠지 자
신의 유언遺言 재촉을 받은 듯한, 뒤통수를 크게 한 대
얻어맞은 기분이기 때문이었다. 아직 때가 아닌 것이 아
니라 진작부터 때가 이르러 있었음을 간접적으로 통고
받은 기분이었던 것이다.

'그렇다고, … 재촉해? 아니지. 재촉한 게 아니라 할 말
한 것이지… 그렇지, 적시에 적절한 말을 한 거야…'

그녀는 천천히 고개를 저으며, 소파 등받이에 머리를
기대고 눈을 감는다.

한 지붕 아래로 가족 모두를 불러들인 것은 채희여
사였다. 30년 전 임대하고 있던 낡은 단독주택을 허물
고 지하 1층, 지상 5층의 근린건물을 신축하여 지하와
1·2층까지는 공장과 식당, 사무실 등으로 임대해주고
3·4·5층은 주택 전세를 놓았었다. 이후 아들 둘이 장성
하여 결혼을 시키면서 며느리들에게 1년간 시집의 풍습
을 익힌 후 건물의 4·5층으로 분가를 시켰다. 여사가 굳
이 며느리들을 본가에서 1년간 시집살기를 고집했던 것
은 친·인척 관계가 전무한 그들 부부가 가족으로 들어
온 새 식구와 친하고 싶어서였다. 다행히 며느리들은 그
들의 외로움을 이해했고 형제 내외끼리도 우애가 좋았
다. 그들은 분가를 하고서도 주말이면 본가로 모여 함께
식사를 하고 대청소도 했었다.

그러다 5년 전, 남편이 치매증상을 보이면서 그녀는
마음이 바빠졌다. 친정에서 상속받은 지리산 자락의 산
골 임야를 개간하여 평생 꿈이던 과수원도 만들어야 하
고, 그 곳에 병든 남편의 휴양을 겸한 흙집도 지어야 했
으므로 그녀는 마당 넓은 집의 본가를 매매 처분했다.
그리고 5층 건물의 임차인을 만기되어 내보내고, 그 곳
으로 남편과 입주했다.

결국 아들 형제가 분가하여 살고 있던 4·5층 아래의 3층으로 입주함으로서 한 지붕 아래 가족 모두가 살게 된 것이다. 이어 채희여사는 머뭇거림도 없지 않았으나, 아들 내외의 마음 부담을 덜어주기 위해 그 건물을 두 아들 공동명의로 증여를 해주고 세금까지 부담해 주었다. 물론 한 지붕 아래로 가족 모두가 모였어도 가정운영은 지금껏 각자 해왔던 것처럼 독립적이었고, 다만 여사 내외가 건물의 3층으로 입주하던 날, 그녀는 아들 가족들을 불러내려 그들이 지켜야 할 의무조항 두세 가지를 말했다.

"아침 저녁 출·퇴근, 등·하교 시에는 3층 현관 안에 들어서 반드시 인사를 한다. 그리고 며느리들은 휴무일인 주말 밑반찬 마련할 때, 3층에도 한두 접시씩 의무적으로 내려 보낼 것이며, 공용인 복도와 계단 청소는 부모를 제외한 두 가족만 맡아한다. 그리고 그녀가 개간 중인 산판에 내려가거나 집을 비울 때 두 집이 교대하여 아버지를 돌본다."

채희여사가 그렇게 말했을 때 아들 내외는 웃었다. 당연히 해야 될 기본 도리인데 걱정하지 않아도 된다고 했다.

그들은 별다른 요구사항을 말하지 않았다.

그렇게 한 지붕 아래 각각 독립적인 가족 공동체 생활이 4년여 지속되었다. 큰 아들 가족 5명 둘째아들 4명으로 시부모를 포함한 열 한 명의 한 핏줄 가족들이 그런대로 잘 어우러졌다.

아침 저녁 출·퇴근 등·하교시간이 되면 3층의 현관은 '다녀오겠습니다', '다녀왔습니다' 인사로 부산스럽고 주말이면 며느리들은 자기 가족만을 위한 것이든 시부모를 위한 것이든 번갈아 새 반찬 한두 가지를 만들어 가져왔다. 그녀 또한 젊은 며느리들의 서양식요리보다 시레기 된장국 부추·고추전 배추 겉절이 등 소박한 채소 음식을 자주 만들어 올려 보내고, 산판의 채마밭에서 자란 유기농 작물이나 과일, 명절 때의 선물 등을 아들네로 올려 보냈다. 또한 중학생을 비롯한 다섯 명의 손자들에게 작은 금액이나마 용돈을 신권으로 바꾸어 월요일마다 주급형식으로 지급했다.

또한 3층을 다섯 손자들의 소통의 장소이자 놀이터(?)로 개방했다. 한 지붕 아래의 삼·사촌들끼리 간섭이 많은 각자의 집에서보다 할머니 집이 훨씬 편안하고 자유스럽다며 주말이면 모여들어 실제 채희여사는 조금도 외롭지 않았다.

두 아들의 입장에서는 각자 독립적인 생활인지 알 수 없어도 그녀는 당신의 가족을 모두 품에 안고 노후를 즐기는 기분이었다. 아들 손자 만나기가 일 년에 너댓 번 정도라며 우울해하는 지인들 앞에서는 혼자만 행복을 누리는 듯 공연히 미안키도 했다.

시골의 산판을 개간하면서 또한 봉사활동을 하면서 그녀가 집을 비울 때마다 두 아들 내외는 환자인 아버지의 끼니를 번갈아 챙기고 보살폈다. 그러나 채희여사는 아들 내외에게 가능한 밥과 반찬을 만들어 놓기만 하되 그것을 환자가 스스로 챙겨 먹을 수 있도록 도와주지 못하게 했다. 환자 스스로 자신의 뇌와 몸을 끊임없이 움직여야 남편의 병이 현재의 상태에서 더 악화되지 않고 그나마 유지될 수 있기 때문이었다.

물론 그녀가 남편을 두고 개간 중인 산판을 오가거나 사회활동을 겸할 수 있음은 두 아들 내외의 환자 보살핌을 비롯 그들이 그녀의 마음을 편하게 해주기 때문임을 알고 있었다. 적어도 지금까지는 한 지붕 아래의 가족 공동생활에 궂은일은 없었다. 상부상조로 특히 며느리들의 심성이 착하고 올곧음을 그녀는 알고 있었고 내심

고맙게도 생각했다. 산판 작업을 하다 짐 가득 채운 배낭을 메고 서울에 도착하면 며느리들이 각자 중학생인 큰 손자들을 전철역이나 버스터미널까지 내보내 할머니를 마중케하고, 배낭을 대신 지고 오게 하여 그것을 바라보는 노인들의 부러움을 사기도 했다.

 남편을 처음 만날 즈음, 그의 신장은 1미터 80, 몸무게는 90kg으로 당시로는 거구에 속했다. 인상이 좋았다. 그 즈음, 보통 키에 야위고 시력이 나쁜 거기다 유난히 심한 구취口臭를 발산하는 선병질 체질의 남자가 그녀에게 목숨 걸다시피 좇아다니던 무렵이었는데, 건강한 훈남의 출현은 신선한 충격이었다. 그러나 친정 부모와 지인들은 장래를 보아 홀어머니 외아들의 '기생 오래비' 같은 키 큰 사내보다, 몸은 약해 보이지만 KS마크의 조건 좋은 키 작은 남자가 월등히 낫다며 곁눈을 파는 그녀를 끌어 당겼다.
 하지만 그녀는 건강한 사내를 선택했다. 선택의 첫째 조건은, 시력이 좋고 역겨운 구취가 없다는 점이었다. 희고 깨끗한 살결과 좋은 인상을 가졌다는 점이 청상과부 외아들의 악조건을 희석시켰다. 홀시어머니 외아들은 역시 외동딸인 그녀로선 부담이었지만 크게 문제 될 것은 없다고 생각했었다. 그러나 40여 년을 더불어 살면서 홀시어머니 외아들의 유별스런 특성 부림에 많이 외로웠고, 또한 부부의 강한 성격들이 끊임없이 부딪치고 또한 끊임없이 화해하며 살아와, 이제는 너와 내가 구별되지 않을 정도로 피차가 나름대로 적응해 있는 터에, 덜컥 남편이 정신줄을 놓아버리기 시작한 것이다.

두 아들이 남편의 시설 입소 건을 말하고 각자 돌아간 그날 오후, 그녀는 둘째 며느리로부터 큰아들의 차남인 초등학교 5학년생 손자가 학교의 친구와 할아버지 때문에 다투었다는 말을 전해 들었다. 내용인즉, 건물의 출입구인 현관에 걸터앉은 할아버지에게 학교에서 돌아온 손자가 인사를 하자, 큰소리와 함께 유난스레 두 팔을 들고 어화둥둥 춤을 추듯 반기는 할아버지의 모습을 마침 지나가던 손자의 친구가 보곤, 학교에서 "그 지팡이 들고 춤추던 노숙자가 너의 할아버지냐"고 물었다는 것이다.

손자가 친구의 말에 발끈하여 "우리 할아버지 노숙자가 아니야. 치매를 앓는 환자셔"라고 대답을 했지만 집에 돌아와 제 엄마에게 "할아버지 병은 왜 안 낫는 거야

— 집 밖에 나오시지 말라고 해—"소리를 쳤다는 것이다.

그녀 남편의 병적증상 중에 신체적으로 가장 불편한 점은, 제대로 걷지 못한다는 점이었다. 긴 다리로 성큼성큼 잘 걷던 사람이 뇌와 척추의 신경근 이상으로 지팡이에 의지하여 지극히 짧은 보폭으로 바닥을 쓸듯 자작자작 걸었다. 걷는다기보다 발바닥으로 더딘 미끄럼을 타듯 겨우겨우 발자국을 뗐다. 그나마 그렇게라도 걷지 않고 매일 그러하듯 종일 소파나 침대 위에 누워 신문과 TV를 보다 자다 움직이지 않으면, 나중에 자리에서 일어나지도 못하는 상태가 되었다. 따라서 그녀는 남편을 온종일 누워있지 못하게 지팡이를 의지하고 거실을 걷게 하거나 얕은 계단을 쉬며 가며 천천히 내려 건물의 현관 께로 나가게 했다. 하루에 한 번 씩이라도 계단의 난간을 붙들고 오르내리게 함은 남편에게 가장 필요한 운동요법이나 다름없기 때문이었다.

남편 또한 건물 출구의 현관 앞 의자에 앉아, 뜨락의 불법주차도 어눌한 소리로 호통치고, 건물 앞 대로에 오가는 사람들을 구경하면서 나름 자기영역의 역할 같은 무엇을 느끼는지 싫어하지 않았다. 그러나 실상은 직장과 학교에 나간 아들 며느리와 손자들을 마중 나가 앉은 것처럼 가족들이 나타나면 실로 오랜만에 만나보듯 좋아하고 반겨함이 유별했다. 오가는 사람들이 모두 돌아볼 정도로 큰소리와 팔놀림이 과장되고, 특히 손자들을 보면 자지러질 듯 반가워하며 정상인 같지 않을 정도의 몸놀림을 보였다. 손자의 친구가 목격했을 남편의 모습이 선하게 떠오르고, 마음이 상했을 손자를 떠올리자 가슴이 저며졌지만, 그러나 여사는 남편을 집안 소파에 가두어 둘 수는 없었다.

남편의 두 번째 세 번째 연이어 나타나는 증후는 여느 치매환자들과 비슷했으나 그중 그녀가 감당하기 힘든 부분은 남편의 행동이 점차 공격적 성향으로 변해가고 있다는 점이었다.

이성적인 판단이나 충동을 제어하는 전두엽의 기능저하가 심해지면서 성격이 자기위주의 본성만으로 점점 공격적이 되어 주변사람들과의 충돌이 잦아졌고, 특히 가족 중 항상 함께 있는 그녀에게의 역정이 심하여 걸핏하면 소리를 지르거나 식탁 위의 음식들을 팔로 쓸어 버렸다.

참다못한 그녀가 순간 남편이 환자임을 잊고 맞소리를

지르면 TV·선풍기·유리물병 할 것 없이 거실에 처박혀 지거나 기물이 파손되었다.

또한 같은 말을 한 자리에서 열 번 이상 거듭하고 식사를 하루 다섯 여섯 차례 했다. '말을 했다'는 기억이 없고 '먹었다'는 기억이 없으므로 "밥을 먹어야 살지…"를 매번 선창처럼 중얼거리며 탐식했고, 빵과 바나나 과자 등 간식들도 줄 잇듯 섭용했다.

뿐만 아니라 수분 흡수도 보통을 넘어섰다. 5리터짜리 대형 주전자에 매일 두 번씩 보리차를 가득 끓여 식혀 놓으면 혼자서 그날로 모두 소모했다.

이러한 남편의 증상에서 그녀가 신기하게 느끼는 것은 병들기 이전보다 두세 배의 물과 음식을 탐하는 데 비해 체중이 늘지 않고, 소변은 무작위로 흘림에 비해 대변 배설이 많지 않다는 점이었다. 그러나, 대변의 횟수는 많지 않으나 양변기 주변에 무더기로 배설해 놓거나 양변기 앉을 판에 절편 눌러 붙이듯 변을 묻혀 놓곤 해도 온종일 다음·다식함에 비하면 변의 배설이 많지 않아 의아함을 느끼기도 했다. 치매환자에게는 독특한 에너지 방출이 따로 있어 신체에 저장되지 않는 것은 아닌지 주치의에게 상담해볼 문제로 그녀는 접어두고 있었다.

5년 전 의사는 환자에게 제일 먼저 나타나는 증상이 기억력 소멸로 같은 말 끊임없이 반복하기와, 시간대가 일정하지 않은 무한대의 음식 섭취와 그리고 점차 대·소변의 인지도가 없어질 것이라고 했다. 의사의 말은 틀리지 않았지만 성격의 난폭해짐과 공격성에 대한 설명은 없었다. 소변에 대한 인지도는 조기에 소멸된 듯 남편은 거의 매일 바지 아래로 오줌을 흘리고 다녔지만 대변의 경우는 양변기 주변에 칠을 해도 매일은 아니어서 그나마 채희여사는 한숨을 돌리는 편이었다. 그러나 여유를 가질 상황이 아닌 것이 만성적인 변비상태가 원인의 하나임을 늦게사 깨닫게 되었고, 그녀는 더 큰 문제로 확대 될 것이 두려워 약 복용과 함께 식전마다 과일과 채소 쥬스를 만들어 음용케 했다.

그녀가 남편의 간병에 두 번째로 힘들어 하는 부분은 기저귀를 착용하지 않으려는 점에 있었다. 뇌 속에 차 있는 물이 점점 뇌조직을 압박하면서 이성적인 판단력과 충동조절 억제력이 떨어져 이기적이고 고집스런 성격으로 변하고 난폭해짐을 보면, 체면이나 자존심의 인식도 소멸되었을 성 싶은데, 그렇지는 않았다. 기저귀만 꺼내면 얼굴을 붉히며 '내가 아기냐? — 이렇게 사람을 무시해도 되느냐'고 소리를 내지르며 거칠게 기저귀를 빼앗아 쓰레기통으로 쑤셔 넣었다. 따라서 속옷과 겉바지는 항상 소변으로 젖어 있었고 집안 구석구석 그의 발자국이 가는 곳마다 금간 물동이의 물이 새듯 소변이 흘러져 있었다.

소변에 절은 남편의 옷을 갈아입히는 과정 또한 그녀로선 엄청난 부담이었다. 스스로 옷을 벗거나 바꾸어 입으려 들지 않았다. 귀찮으니 제발 내버려두라며 뿌리치고 소리를 쳤다. 그녀에 비해 거구인 남편의 겉 바지와 속옷을 벗겨내고 더운 물수건으로 하체를 닦아낸 후 다시 새 팬티와 겉옷을 입히는 데만 30여분이 좋이 소모되고, 그녀의 얼굴과 몸은 땀으로 젖었다. 그 와중에도 더운 물수건이 성기에 닿으면 귀두 께가 끄덕 움찔, 남편의 입귀가 위로 치켜져 그녀는 실소를 머금곤 했다.

주 2회의 더운 물 목욕은 두 아들이 번갈아 맡아 하도록 떠맡겼지만, 일주일에 한 번 정도로 간격이 뜨더니 2주에 한 번으로 고정화 되었다. 간단한 샤워는 옷을 갈아입힐 때마다 실천하려 했지만 환자의 완강한 거부로 일주일에 한 번 정도 이루어졌다.

그녀는 남편에 대한 끊임없는 육체적 봉사를 당신의 '집안 운동'이라 이름 붙여 자위를 했다. '움직여야 산다', '흐르는 물은 썩지 않는다.' '서 있으면 살고, 누워있으면 죽는다.' 등 실버 체육관의 벽보에 붙은 구호를 중얼거리며 이 정도 쯤이야 '기초 운동 수준' 어쩌고 시종 떠벌이며 거의 매일 정신없이 돌아쳤다.

그런데, 쉼 없는 육체적 노동이나 남편의 공격성 성향에 순간적으로 아뜩해지는 허망함보다 그녀가 진정으로 힘들어 하는 부분은 아무리 닦고 흘려내도 집 안에 절여져 있는 냄새였다. 참아내기가 쉽지 않은 고약한 악취였다. 대소변에 절은 화장실 냄새 같기도 하고 계란 썩는 냄새 같은가 하면 입으로 한꺼번에 터져 나오는 장이 곪는 냄새라 할지, 잇몸·충치가 세균으로 부패하는 듯한 구리고 역겨운 냄새가 집안 구석구석에 배어있는 점이었다.

겨울에는 환풍기를 틀고 봄·여름·가을에는 사방 창문을 활짝 열어 젖혔지만 냄새는 뽑혀지지 않았다. 냄새의 정체는 남편이었고 그가 비틀대며 걷는 곳곳마다에서 고약한 냄새가 심하게 뿜어졌다. 뜨거운 욕조에서 목욕을 시키고 옷을 갈아입힌 날도 냄새는 그렇지 아니한 날과 차이가 없었다.

그녀는 고가의 천리향 분재를 다섯 분盆이나 구하고 치자나무 분재도 구하여 거실에 놓았으나 효과를 보지 못했다. 몇 십 년을 화장대 위에서 뚜껑도 열려지지 않은 채 뒹구는 향수병들을 끌어내 집안 구석마다에 뿌려보았다. 그러자 향수와 원래의 냄새가 혼합되어, 어떻게도 표현할 수 없는 야릇한 악취가 집안에 감돌면서 구토가 솟구치려하고, 당신 냄새에 익숙했던 남편도 이 무슨 고약한 냄새냐고 헛구역질을 했다.

모기향으로 대체해보았더니 아들 내외가 "그 냄새는 니코틴 덩어리인 담배의 연기보다 더 독한 것"이라며 만류했다. 그때 문득 그녀는 오래전에 사망한 홀시어머니가 여든이 되면서부터 당신 방에 향좋을 피우던 것을 상기해냈다. 그랬다. 시모에게서도 독특한 냄새가 있었고, 그래서 당신이 키운 손자들이 당신 방의 입실을 꺼려하고 조모 앞에서조차 손으로 코를 막던 기억을 떠올렸다.

'하지만, 그건… 그냥, 노인 냄새였어…. 그렇다면, 이 고약한 악취는 노인 냄새와 구취와 지린 대·소변 냄새가 혼합된 것인지도 모르겠네…'

그녀는 곧장 일어나 시장으로 나가서 향나무의 향좋을

구해왔고 거실과 주방과 각 방마다 분향했다.

측백나무과의 침목교목인 향나무의 향기는 강했다.

어릴 적, 불공 올릴 쌀 보자기를 들고 조모를 따라 절
간에 이르면 청량한 숲 냄새에 향내가 어우러져 마음이
그지없이 평화롭고 즐겁던 기억이 향나무의 향내를 유
독 강하게 느끼게 하는지도 모르지만, 구석구석 절여진
냄새의 뿌리를 뽑듯 그것은 집안을 점령했다. 남편의 몸
에서 샘물 솟구치듯 하는 냄새까지 완벽하게 잠재우지
못했지만 그런대로 악취문제는 측백나무의 향으로 어느
정도 해결이 되는 듯 했다.

그러나 남편의 속옷을 갈아입힐 때와 샤워를 시킬 때,
식탁에서 함께 식사를 할 때와 주스 간식 등을 챙겨줄
때, 함께 TV를 볼 때 그녀는 숨을 멈추어가며 작업을 했
고, 그런 그녀의 내면적 안간힘은 얼굴로 나타나 남편의
심화를 돋구기도 했다.

40여 년 전, 야위고 시력 나쁘던 키 작은 남자의 입 냄
새에 비할 수도 없는 남편의 악취에 그녀는 보복을 당하
는 것이려니 생뚱한 생각을 갖기도 했다. 가끔 원로학자
로 TV에 얼굴을 드러내는, 그야말로 몰라보리만큼 신수
가 훤해진 그 남자를 보면, 그 생각은 더 깊어졌다.

제대로 걷지 못하는 신체의 부자유나 연이은 소변흘림, 양변기 대변 묻힘, 같은 말 열 번 스무 번 거듭하기. 먹은 밥 거듭 먹기, 조율되지 않는 공격성 감정폭발 외에, 더러는 멀쩡해 보이기도 하는 남편을 여사는 5년이나 겪고도 그가 속수무책의 환자로만 보이지 않는 부분에 그녀의 고통은 또 있었다.

있는 그대로 환자로 인식하면 이해되고 넘어갈 수 있는 부분인데 끊임없이 의심하며 고집불통의 억지 주장과 자기감정대로 휘두르는 폭력 앞에서, 숨 막혀하고 악을 쓰며 반박하는 자신에 스스로 어처구니없어 하면서도, 뼈저리게 후회를 하면서도, 막상 부닥치면 그녀는 자애로운 간병인만의 입장이 되지 못했다.

완벽한 환자로만 인식하기에는 남편의 말에 뼈가 실리고, 두 다리를 걸어 채 듯 말꼬리를 물고 있고, 붉게 충혈된 더러는 살기 어리듯 번득이는 눈빛을 마주하면 그녀의 머릿속은 하얗게 퇴색되면서 심장이 죄어들었다. 심장이 컹컹 소리를 내며 귓속으로 파고들었다. 순간, 상대가 자신의 보호를 필요로 하는 정상인이 아닌 환자라는 생각은 깡그리 사라지는 것이었다.

그녀는 남편을 부드럽게 응대하는 방법을 알고 있었

다. 바지가랑이로 흘러내리는 소변을 그를 따라 기어다니며 걸레로 훔치면서 '그럼 늙으면 다 이렇게 지리는 거야. 여자라고 다른감? 여자도 늙으면 질금거려. 열 명 중 여덟 명은 흘린대. 선우용녀 기저귀 광고가 뭐관대, 기저귀 차고도 표 안 나는 늙은이 요실금 팬티용 기저귀라구' 하거나, 식탁에 앉으면서 '먹어야 사알지'로 시작되는 남편의 선창에 '그럼 그럼, 먹고 살려고 세상에 태어났는데 실컷 먹고 백 살까지는 살아야제' 대답해주고, 또 후렴처럼 이어지는 "왜 이렇게 짜고 맵고 달게 하는 거야. 먹을 게 한 가지도 없어" 소금간도 아니한 심심한 계란찜에 숟가락을 꽂으면서 투덜거리면 "그래그래 또 내가 실수하여 소금을 많이 쳤네. 내일은 안 그럴게. 자 이거 당신 좋아하는 가재미찜, 일부러 실고추도 소금도 마늘도 다져 넣지 않았어" 하며 뼈를 발려 앞 접시에 놓아주면, 남편의 식사는 무사히 끝나게 되는데 그것이 이지적인 생각대로만 돌아가지 않는 것이었다.

냄새 뿜는 스컹크처럼 악취를 물씬물씬 풍기며 그나마 끼니때마다 물수건으로 손을 닦아주지 않으면 스스로 할 수 있으면서도 세수는 말할 것도 없고 손도 치아도 씻지 않고 식탁에 앉아 반찬투정을 시작하면, 새벽부터 쥬스 만들기, 한약 데워 올리기 조반 준비 등 한 시간여 돌아치며 정성들인 것이 그만 수포로 돌아가는 상황이 만들어지곤 했다. 어두운 낯빛에 한 마디 반박이라도 하면, 식탁위의 모든 것이 그의 바른 팔에 휩쓸려 바닥으로 내동댕이쳐지고 괴성을 지르듯 고함 먼저 내질렀다. 더러는 함께 소리치며 깨지지 않을 주방기구를 더불어 팽개치기라도 하면 그의 눈빛은 번득여지고 비틀거리는 걸음으로 두 팔을 벌려 그녀의 목을 잡으려 허우적거렸다. 그럴 때마다 4·5층의 아들들이 뛰어내려와 남편을 다독여 진정시켰다.

수두증 치매 판정 진단을 받기 전의 남편은 권위적이고 보수적인 성품에 가까웠다. 아들들에게 끝없이 자상하면서도 사내답기를 강조했다. 식탁에서의 반찬투정은 커녕 세끼 식사 외는 어떤 군것질도 입에 대지 않았으며 비교적 조용하고 근엄한 편이어서 가족들이 어려워했다. 다만 애주가여서 유별한 주사酒邪부림은 가족들을 고통스럽게도 했지만 일탈의 모습에 사뭇 숨통 트이게도 했다. 병든 후의 남편의 면모는 병적상황이라 하더라도 병들기 전과 지극히 대조적이고 더러는 희극적으로 보이기도 했다.

그는 누구든 집안으로 들어서면 그 사람의 손부터 쳐 다보았다. 먹을 것을 들고 있는지의 여부를 날카롭게 살 폈다. 식탁과 당신방의 차탁 위에는 군것질이 언제나 넘 쳤지만 아내나 아들 며느리 손자들까지 당신을 위한 새 로운 무엇을 들고 오는 것을 기뻐했다. 늦둥이 어린 손 자가 아이스크림을 물고 있으면 간절한 눈빛으로 '나도 좀 달라'고 손을 내밀고 손녀가 껌을 씹고 있어도 무엇 을 먹느냐며 당신도 좀 달라고 했다. 손녀와 손자들이 그런 할아버지를 바라보며 울상을 지었다. 가능한 할아 버지를 피하려 들었다.

병들기 전의 인자했던 조부의 상은 어디에도 찾아볼 수 없는, 그들 눈에조차 유치하고 무섭고 바보스러워 보 이는 할아버지가 그들은 싫다고 했다.

여사는 외출하고 귀가할 때마다 크림빵이든 양갱이든 그가 좋아하는 군것질을 바른 손에 들고 들어와 그의 병 적인 식탐을 충족 시켜주고, 손자들과 손녀에게 병든 할 아버지의 상황을 거듭 강조하며 무시하거나 싫어하지 못하도록 이해시키려 했다.

"그렇지만, 할아버지 밖에 나오시지 못하게 하세요. 수염도 깎지 않고 세수도 하시지 않고, 지나가는 사람

쳐다보고 바보처럼 웃고… 괜히 고함치시고 창피해요."

10살짜리 손녀가 그녀에게 말했다.

"할아버지 그렇게라도 움직이셔야 해. 그렇지 않으면 매일 누워계시다 나중에는 못 일어나시고 휠체어 타셔야 하고 그때부터는 누군가 옆에서 하루 종일 간호해야 하고… "

"그렇게 해주는 병원으로 할아버지 보내시면 되잖아요."

다섯 손자들 속의 하나뿐인 손녀가 그녀를 쳐다보며 또박또박 말했다. 그녀는 얼른 대답할 말이 떠오르지 않아 "할아버지는 가족들이 모두 함께 사는 우리집에 계셔야 오래 사서…" 했더니 "병원에 가셔야 더 오래 사시는 것 아녜요?" 손녀는 말 떨어지기 바쁘게 응수했다.

10살짜리 손녀가 이해할 수 있겠끔, 그녀의 마음을 전달하기가 쉽지 않았다. 아들이나 며느리들보다 손녀 손자들의 할아버지 기피가 더해감에 그녀는 남편의 옷차림이며 수염 깎기며 씻기기에 더 신경을 썼지만, 옛날의 맑고 희던 피부는 햇빛에 나가 앉아 그을고 주름지고 검버섯까지 솟구쳐 정성들인 만큼의 깨끗한 모습은 되지 않았다.

마침, 지역에 '데이케어센터'라는 낮동안만 환자를 보살펴주는 복지시설이 오픈되어 있음을 큰 아들이 알려왔다. 아침 9시에 센터의 차량으로 환자를 모셔가고 오후 5시에 집으로 귀가시켜주는, 그야말로 낮 동안만 환자를 보살펴주는 곳이어서 가족 모두가 환영을 했다.

남편에게 새로운 환경을 적응시켜주는 기회도 될 듯싶고 손자들의 부담을 조금은 덜어줄까 하여 그녀는 그 곳의 이용신청서를 발급받아 서류를 작성하여 보냈다. 서류 제출 사흘 후부터 센터의 차량이 건물 앞에 당도했다.

문제는 남편에게 기저귀를 채우는 일이었다. 공동생활에 진입하려면 그것은 필수였던 것이다. 그러나 남편은 결사코 착용치 않으려하여 식구들 모두가 합심하여 회유하듯 억지로 채워 차에 태워 보내고, 그녀는 그날 오후 남편을 태운 차량이 돌아올 때까지 손에 일을 잡지 못했다.

그런데 센터에 나간 지 일주일도 되지 않아 남편 본인은 말할 것도 없고 센터 측에서 곤혹스런 얼굴을 지었다. 그 곳은 한 번 입실하면 절대로 문 밖으로 나가지 못하는데, 남편은 끊임없이 비틀거리며 나가려 하고 뜻대로 되지 않자 복지사와 요양사에게 거침없이 폭력을 휘두르며 고함을 지른다는 것이었다.

적응이 되지 않아서이니 얼마간 더 두고 보자고 아들이 극구 사과하여 또 며칠이 흘렀다. 가다마다 보름 쯤 되었을까 했을 때, 센터 측에서 당분간 집에서 더 안정시키고 다시 나오시면 어떻겠느냐며, 정식으로 남편의 중도퇴실을 부탁해 왔다. 센터의 직원들뿐만 아니라 같은 환우들까지 악취를 뿜는데다 공격성향인 남편과의 공동생활을 모두 부담스러워 한다는 것이었다.

그녀의 남편은 외려 큰소리를 쳤다. 온통 냄새나는 무식한 늙은이들뿐이라 말도 통하지 않고, 숨 막히게 감옥살이를 시킨다며 다시는 그 곳에 가지 않을 것이라고 했다.

그녀는 아들과 시선을 맞추며 한숨을 삼키고 말았다. 약 2주간 그를 센터로 보내기위해 아침마다 환자와 전쟁하듯 샤워시키고 기저귀 채우고 옷 갈아입히고 약 복용과 조반을 들게 한 후 시간 맞춰 허둥지둥 차에 태워 보낸 일들이 수포로 돌아가자, 허탈감이 끝없이 솟구쳤다.

남편의 얼굴은 차라리 밝고 자유스러워 보였다. 억지

로 채웠던 기저귀를 빼내 팽개치고 다시 바지가랭이로 소변을 흘리며 거실과 식탁주변을 즐거운 듯 비틀거리고 다녔다.

그녀는 그대로 내버려두었다. 집안은 온통 측백나무 향냄새로 가득 차 지린·냄새 정도는 잠겨들고 바닥에 흩뿌려진 소변은 말라버린 후에 물걸레질을 해도 누가 뭐랄 사람 없었다. 스컹크처럼 냄새를 뿜어내며 비츨비츨 걸어다니는 남편만 그녀 옆으로 밀착해 와서 시비만 걸지 않으면 문제가 없었다.

그녀는 당신 전용의 침대방으로 들어가 바닥에 터벌석 주저앉았다. 서 있을 기운이 없었던 것이다.

"어머니, 저번에 말씀드렸던 문제, 다시 생각해 보셔요. 어머니 지금 너무 지치셨어요…"

방바닥에 두 다리를 뻗고 앉아 가끔씩 죄여드는 심장께를 바른 손으로 누르고 있는데, 뒤따라 들어온 큰 아들이 다시 말을 꺼냈다. 그녀는 가슴께서 손을 떼고 천천히 상체를 곧추 세워 앉으면서 아들을 바라본다.

세 번째 듣는 말이어서지 첫 번째 두 번째 들었을 때보다 섭섭함은커녕 당연한 건의를 듣는 듯 익숙해져서 횟수에 따라 감정도 적응됨을 그녀는 새삼 깨닫는다.

"그런데, 아들. 요양소든 요양병원이든 말이야, 네 아버지가 지금처럼 폭력을 행사하고 패악을 부리면, 그곳에서는 어떻게 응대할 것 같으냐? 침대기둥에 묶어 놓거나… 안정제를 먹여 멍한 바보로 만들거나, 수면제를 먹여 잠재우겠지? 두 손이 침대 쇠기둥에 묶여… 꼼짝못하고… 그렇게 누워… 살겠지…. 뿐이냐, 주말마다 찾아오던 자식들은 점차 발걸음 끊어질 텐데… 나중에는 요양비용까지 대주지 않아 환자는 물 한 모금 얻어 마시는 것도 힘들어지겠지… 그러다 수명보다 훨씬 빨리 적막하게… 소멸되겠지…"

"어머니, 제발… 왜 그렇게만 생각하셔요? 아버지의 삶이 그렇게 비참하게 끝나실 것 같아선가요? 아니, 어머니가 계시고 저희들이 있는데, 왜 부정적으로만 생각하시느냐구요!"

"그래, 너의 아버지 옆에는… 내가 있지. 40여년을 싸우며 살아왔어도 밉든 곱든 평생 동지랄까… 긴 세월로 빚어진, 육친만큼 선명한 연민憐憫이 있어서… 털어내지 못하는… 털어낼 수 없는, 내가 있는데… 참담하고 적막하게 보내지는 못하지…. 내 정신이 나날이 혼미해지고 삭신이 저리고 아파도, 네 아버지에 대한 증오와 혐오감이 극에 달할 때도 네 아버지를 털어버려야지 하는 마음은 일어나지 않는다. 사랑해서? 글쎄다… 그건 아닐 게다…. 동반의 긴 세월이 빚어 놓은, 눈에 보이지 않는 어떤 질긴, 육친 같은 밑정이라 할까, 끈끈한 어떤 기운 때문이라 할까… 완벽한 비유는 아니지만, 그냥 연민이라 이름 붙여두자. 나는, 네 아버지 보내지 못한다."

"어머니—"

아들의 목소리가 격렬해졌다.

"그럼 어쩌시겠다는 거예요? 아버지 한 분 때문에 열 명의 가족들이 계속, 이렇듯 힘들게 살아야 하는 거예요?"

채희여사가 고개를 들어 아들을 쳐다본다. 뭔가 심층켜켜로 서늘한 물이 한꺼번에 쏟아져 내리는 느낌을 갖는다. 한 지붕 아래 가족들을 품고 살아 뿌듯했던 마음을 지인들에게 터놓고 떠벌이지 않았음에 안도감을 갖는다. 당신의 마음 잣대로 일방적인 삶을 강행케 했음을 일순간에 깨닫는다. 그런데, 심장 께가 후비듯 아려옴은 어인 현상일까 싶어진다. 남편과 자신을 제외한 아홉 명의 피붙이들이 강 건너 마을의 타인들로 생경스럽게 느껴지고 하염없이 섭섭하고 쓸쓸한 기분이 됨을 어쩌지 못한다. 그녀가 다시 아들을 쳐다본다.

"그렇게들 힘들었니? 그럼… 내가, 아버지를 뫼시고… 나가 주련?"

"아, 어머니— 그런 얘기가 아니잖아요—"

"아닌 줄 안다… 그런데, 내 가슴이 왜 이리도 저릴까… 어쩌겠니, 이승에 부모자식들로 나왔으니…. 힘을 분산하여 나누면 그래도 뫼실만 하지 않겠어?… 오래 가시지 않을 게다…. 그리고 아들, 속엣 말 나온 김에 마저 하자!"

여사가 앞가슴을 천천히 펴며 크게 심호흡을 두 번 세 번 연달아 내뿜는다.

"지난번에 잠시 언급했던 어미 이야기다. 아버지 떠나시면, 내 보호자는 없잖니… 자식들? 아니야, 제 자신과 제 가족들 우선이지… 그래, 그건 섭리야. 우주의 섭리지. 인정한다. 그래서 부탁한다. 나, 말이다. 네 아버지 아닌 나. 말이다. 지금 네 아버지 같은 몰골 되면… 산판 흙집에 그냥 데려다 놓으렴. 어떻게 살든 배회하든 흙을 파든 풀을 뜯든 그냥 혼자 버려두렴. 절대로 내 정신을… 신체를 구속하지 말아…."

그녀는 곧추 세워 활짝 폈던 상체의 힘을 다시 스르르

바닥에 놓듯 어깨를 내려뜨리며 말했다.

그때, 언제 집안에 들어와 있었던지 둘째아들이 그녀의 무릎 앞으로 다가와 앉으며 여사의 손을 그러잡았다.

"우리 엄마, 생전 유언하시는 거요? 하시오, 말씀 꺼내신 김에 남기지 말고 다아 하셔— 나, 폰으로 녹음할게. 그래요, 엄마는 절대로 치매 걸릴 양반은 아니지만, 천만분지 일로 걸린다면, 지리산의 흙집에 뫼셔다 줄게. 그리고 혼자 살다 세상 뜨면 화장은 뜨겁다니 흙집 뒤란 양지 켠에 꼭꼭 묻어줄게! 엄마 소원대로… 고운 흙으로 다시 태어나게 사토에 신경 쓸게"

둘째 아들의 입에서 술 냄새가 났다. 연차 휴가 중인 그가 친구와 점심약속이 있어 나간다더니 낮 반주를 걸친 모양이었다. 큰 아들이 큰소리로 둘째의 이름을 부르며 말을 중단케 했다.

"왜 그래? 형은 나보다 더 궁금해 하면서… 엄마. 엄마, 더 말씀하셔, 다아, 다아— 말씀하셔—"

"오냐, 말한다. 내가 치매가 아니더라도, 죽을병에 걸려 도무지 생존가망이 없는 시한부 상태에 이르면, 내 몸 어디에도 생명연장시설을 걸지 마라. 어차피 생명연장시설을 해도 아니해도 한두 달 못 넘기고 죽을 것이면, 연장시설은 고통을 더 줄 뿐이다. 그런데 말이다. 진짜 죽을병인지, 이래도 저래도 한두 달을 넘기기 어려운, 진실로 말기 상태인지, 그것만은 확실히 진단되어야 한다. 몇 년쯤은 더 살 수 있을 몸의 상태인데, 오진으로 혹은 다른 섬뜩한 이유로 생명을 단축시켜 버리면, 그건 죽어서도 한이 될테니까 말이다. 어쨌든 이곳저곳 전문병원 명의들이 틀림없는 시한부로 확진하면, 그때도, 요양보호사 한 명 딸려 흙집으로 보내거라. 통증 올 때마다 진통제 용량 늘려 시주케 하면서, 서서히 아주 천천히… 혼자 떠날테니까…"

채희여사는 마치 준비해둔 말처럼 두 아들 앞에서 천연스럽게 말한다. 그렇게 삶의 끝을 매듭지었으면 한번 생각해보았던 것을 연극대사를 외듯, 더러는 처연한 표정인 채 술술 말해본다.

둘째 아들이 그녀의 목을 끌어안았다.

"알았어요, 엄마! 그건 앞으로 20년 후의 일이다. 그렇게 할께. 그렇게 할께. 20년 아니 30년 후에…"

둘째 아들의 목소리가 젖어 있었다. 장난처럼 제 스스로 앞질러 유언 운운 말을 꺼내놓고 혼자 당황하고 있음을 그녀는 바라본다.

남편의 문제를 두고, 왜 당신의 이야기를 콩 놓아라 팥 놓아라 하고 있는지 자신도 알 수 없지만 그녀는 꼭 해야만 될 것 같아 말을 잇는다. 누군가 뒤에서 지금 바로 말을 하도록 떠미는 것 같음을 느낀다.

"흙집이 있는 산판은, 내가 생전에 내 마음대로 운용할 것이다. 그리고… 평생 흙이 좋아 오래 전에 구입했던 척박한 합천땅 그 야산은, 너희들 둘 공동명의이니 팔아버릴 생각 말고 개간하여 밤나무 숲을 만들거라. 가을되어 온 산에 알밤이 지천으로 터뜨려지면, 너들 지인들 모두 불러 풍성함을 누리렴. 이루지 못한 내 꿈인데…, 그것이 사람 사는 참 맛일 게야. 그리고, 이미 공동 명의로 증여된 이 건물도, 산판도 끝까지 가르지 말고 너희 형제 어우러져 함께 살면, 의지되고 조금도 외롭지 아니할 것이야…"

"어머니! 아, 알았어요. 정말 유언하시는 것 같아요. 수십 년 후의 일이니, 그때 마음 바꾸어지시면 다시 말씀하세요. 아버지 문제, 먼저 결정해 주시면 좋겠지만, 오늘은 그냥 쉬세요. 많이 피곤해 보이셔요. 얼굴이 창백하세요. 주방도 거실도 안방도 아버지 방도 물걸레질 하시지 마세요. 내일은, 아버지 목욕도 수염도 깎아드리고, 옥상에서부터 1층까지 대청소를 해야 되겠어요."

큰 아들이 홍삼차를 한 잔 타서 두 다리를 뻗고 벽에
무너지듯 기대앉은 그녀 앞에 놓곤 5층으로 올라가자,
둘째 아들은 그녀의 어깨와 무릎께를 반시간여 지압과
마사지를 해주곤, 어깨를 후줄근히 처뜨리고 방을 나갔
다.

"고맙다… 아들… "

그녀가 중얼거렸다.

그날 밤.

거짓말처럼 채희여사가 그녀의 침구 위에서 사망했
다. 사인死因은 급성 심근경색心筋梗塞으로 인한 돌연사
였다.

〈終〉

맨손 체조

맨손 체조

"아버지는 저런 상황에 처하시면 어떻게 선택하실까?
권위주의와 노탐·노욕에 굳어진 노인은 아니지만 당신
의 운명殞命이 가름되는 상황에서도 쿨 하실까? 평생 존
경받는 은사로 참 삶의 강사로 연일 초빙되는 명사이신
데, 선택이 좀 남다르실 거야…"

"다르시겠지, 아버지는 열려있는 분이니까."

선우노인이 외출하기 위해 거실 쪽으로 다가서자 TV
앞에 앉았던 두 아들이 주고받는 말들이었다.

"외출하세요?"

큰아들이 서둘러 TV를 끄며 반사적으로 몸을 일으키

자 둘째아들도 자리에서 일어났다.

"승현이는, 몇 시 차로 내려갈 것이냐?"

노인이 부산에서 올라온 둘째아들에게 묻는다.

"친구들 좀 만나보고 밤기차로 내려 갈려구요."

"마흔을 넘긴 나이에 아직도 친구 타령이냐? 지난밤에도 말했다만, 네 아내 말이다. 주말에다 첫 제사인데 함께 참례하지 않아 내가 많이 섭섭해 하더라고 전해라."

"…예 …"

노인은 주방에서 나온 큰며느리가 신발장에서 구두를 꺼내놓자 고맙다는 짧은 인사말을 남기곤 현관문을 나선다.

아들 둘이 잔디 마당을 지나 대문까지 따라나서며 잘 다녀오시라 인사한다.

강연시간까지는 여유가 있었다. 노인은 천천히 지하철역으로 향하면서 심호흡을 내뿜는다.

지난밤에 치른 아내의 첫 기일忌日에 자식들과 며느리들의 성의 없는 건성적인 태도가 사뭇 마음에 걸려 아침부터 기분이 밝지 못했다.

흔히 말하듯 아홉고개가 걸림돌이어선지 예순아홉의 아내는 지난해 5월, 마사토가 섞인 비탈길에서 아래로

질주하는 차를 피하려다 넘어져 뇌진탕으로 급사했다. 예기치 못한 사건에 가족들은 충격을 금치 못했고 특히 금실이 좋았던 선우노인은 허탈감으로 우울증 치료를 받기도 했다.

그에게 아내는 40여 년을 함께 교단에서 제자 양성을 해온 막역한 동료이자 반려자였다. 그녀의 타계他界는 당신의 신체 일부를 잃어버린 상실감을 갖게 했고 그 아픔은 일 년이 경과되었어도 가신 상태가 아니었다. 따라서 아내의 첫 기일이 그에게는 형식적인 의식이 아니라 그녀를 온몸으로 맞이하는 소중한 날이었고, 사나흘 전부터 긴장하여 이날을 기다렸으며, 영혼에게나마 혼자였던 그간의 속앓이와 그리움을 모두 읊어 낼 것이라 생각했다. 그녀를 당신의 생명만큼이나 의지하고 살았음을, 떠난 후에 절감케 되었음을 필히 말하리라 마음을 모우고 있었다.

그런데, 제사상의 차림에서부터 노인의 기분은 어두워지기 시작했다. 주말이라 함께 사는 큰아들과 며느리가 손수 정성으로 제사음식을 마련할 수 있었을 법한데, 메와 탕국 외는 모두 반찬가게에서 사들인 것이었고, 더우기 아내의 제자였던 둘째 며느리는 몸살기운이 있다는 이유로 불참까지 했던 것이다.

아내는 거의 맹목적이다시피 두 아들이며 며느리들을 챙기고 사랑했었다. 젊은 시절 직장생활로 두 아들에게 사랑을 쏟지 못했다는 미안스럼 때문인지 뭐든 주려 했고 손자들을 돌봐주려 두 집을 번갈아 출·퇴근을 할 정도였다. 특히 사업에 실패한 큰아들의 아파트와 공장이 부채로 넘어가자 그들 가족을 본가로 불러들여 1층을 통째로 비워주는 배려를 했다. 이런 과정의 모든 처리를 아내는 선우노인과 의논을 하기보다 어쩔 수 없는 상황을 부모인 우리가 보듬어 줄 수밖에 없지 않느냐는 당연론을 폈고, 아들 식구를 2층으로 올리자는 선우 노인의 주장에 그들 식구가 더 많으니 넓은 곳을 통째로 비워주는 것이 서로가 편치 않겠느냐고 했었다.

그렇게 큰아들 가족을 아내는 본가로 끌어들였고, 생활비는 물론 손자남매의 과외비까지도 당신의 연금으로 충당하는 사랑을 보였는데, 그녀의 첫 제사상은 실로 쓸쓸하고 누구도 어미를 그리워하는 진정어림이 없어 노인은 분노까지 솟구쳤던 것이다.

지난밤, 선우노인은 아내의 위패와 영정 앞에 술 한 잔을 따루어 놓고, 울컥 솟구치는 오열을 지그시 참아내며 "떠나면… 그것뿐인데… 그리도 아등바등 자식들 챙겼소? 이제, 야박한 이승 걱정 딱 끊으시고 편히 쉬시오…" 했다. 그리고 내친 김에 고개를 돌려 두 아들과 며느리 손자 남매를 지긋이 바라보며 "기일을 챙김은, 조상을 추모하고 뿌리의 근원을 생각하면서 자신의 정체성을 찾는데 의미가 있는 것이다. 나는 너들 어머니가 지금 바로 내 옆에 앉아계신 것 같다. 숨소리도 들리는 것 같다. 너희들은 아무런 감도 느껴지지 않느냐"고 했다.

그들은 서로를 바라보며 침묵으로 시종했다.

노인은 긴 말을 하지 않았다. 다만 아내가 유별하게 아끼던 둘째며느리의 불참에 대한 섭함과 제사음식은 나물 한 가지 무침에도 너희들 손수 진정한 마음으로 정성을 모우라고만 했다.

신호등 앞에 섰다. 거리에는 사람들이 많지 않았다. 노인은 문득 거실을 스칠 때 아들 둘이 나누던 대화를 떠올린다. '아버지가 저런 상황에 처하면 어떤 선택을 할까?' 그들은 그렇게 말했고 그가 나타나자 큰아들은 보고 있던 TV를 얼른 꺼버렸다. 필히 뭔가 선택하기 쉽지 않은 상황을 두고 말함이겠지만, 일단 궁금증을 접어

버리기로 한다. 잠시 후에 복지회관에서 갖게 될 강연에서 무슨 내용을 강조할 것인지를 정리함이 우선이었던 때문이다.

주최측인 시市에서 정한 강좌의 큰 타이틀은 '폭주하는 고령인구의 대책'이었고, 3개월간 아홉 차례 연이어 가져야 할 동일 주제의 강연이었다. 마침 이날은 노인 청중들과 상견례를 겸한 첫 날이어서 실제 큰 부담은 없었다.

복지회관 강당에는 주말인데도 의외로 노인들이 가득 차 있었다. 평상시보다 주말에는 가족들과 어울려야 할 것 같지만 오히려 더 많이 모인다는 복지사의 안내에 그럴 수도 있겠다는 생각을 떠올려본다. 세상의 풍속이 급속도로 바뀌어져 주말에 부모를 찾아오는 자녀나 손자도 드물어지고, 가족 나들이에서도 노인들은 제외되어 화창한 날, 딱히 할 일도 없는데다 마침 이날의 강연주제가 노인 당사자들과 직결되는 문제여서 인 것 같았다.

예상은 틀리지 않았다. 복지사가 강사인 선우노인을 소개하고 '폭주하는 고령인구 대책' 운운의 강연주제를 잇달아 발표하자마자, 강당 중앙부에 앉았던 노인이 버럭 소리를 지르며 자리에서 일어났다. 그리고 누구에게

랄 것도 없이 삿대질부터 해댔다.

"오래 살아서 뭐 우쨌다는 것이고—, 오래 사는 거이 죄다 이 말이가? 안 죽어지는 걸 우짜라꼬— 대책이라니, 늙은이들 너무 많으니깨 암살이라도 하겠다는 거야 뭐야, 젊은 놈들 걸핏하모 늙은이들 너무 오래 산다꼬, 가는 곳곳마다 노인 떼거리뿐이라고 악다구니를 한다더니, 무슨 대책을 우찌 세운단 말이고—"

시市에서 내건 강좌의 주제가 노인 거세의 부정적 측면으로 해석이 된 모양이었다.

노인의 행동이 돌발적이고 목소리가 유난히 큰 데다 억센 사투리까지 곁들여져 얼핏 만장한 노인들이 눈살을 찌푸리거나 폭소라도 터트릴 것 같은데, 분위기는 의외로 그렇지 않았다. 오히려 고개들을 주억거리며 정색한 표정들이었다.

노인의 바로 뒷자리에 앉은 노란 점퍼를 입은 노인이 앉은 채 말을 받았다.

"늙은이들이 많기는 많지. 빠고다 공원이나 종삼전철역 가면 우글우글 삼일운동 만세 부르러 나온 사람들처럼 득실거리니깨. 끼니때 되면 물떡국이나 국수 한 사발 얻어먹을려고 길게 줄서서 꾸무적 거리는 거 보면, 나도 늙은인데 화가 솟구쳐. 농촌 가면 일손 모자라서 아우성인데, 품삯 일만 해도 건강 찾고 용돈도 벌텐데 손 놓고 놀기만 하려드니…. 나야, 유치원 다니는 손녀 봐주는 일이라도 있다지만….”

그러자 동향 창켠에서 유리창으로 들어오는 햇살을 즐기듯 받고 있던 노인이 자리에서 일어났다.

“아까도 우리끼리 말했지만, 문제는 문제인 거여. 고령자가 많아지니 생산량은 줄어들고, 저출산으로 돈을 버는 젊은이는 적어지니 언바란스인 거여! 젊은이들 생각이, 자기들 뼈 빠지게 벌어서 오래 사는 노인들 치닥거리한다고 투덜대는 말도 틀린 말은 아닌 거지. 바로 오늘도 전철에서 노인좌석 때문에 싸우는 걸 봤다구. 마흔 안팎의 젊은이가 몸이 고단한지 노인석에 턱하니 눈을 감고 앉아 있는데, 일흔 조금 넘은 듯한 팔팔해 보이는 노인이 젊은이가 노인석에 앉았다고 호통을 치더라구. 그랬더니 젊은이가 튕기듯 몸뚱이를 일으키며, 당신들은 공짜 전철을 타면서 좀 서 있으면 어떠냐고 되레 큰소리를 치더라고. 자기들이 뼈 빠지게 번 돈으로 세금내서 당신들 공짜 차 타게 해주는데, 돈 낸 사람이 몸이 좀 아파 앉아 있으면 안 되냐고, 소리를 지르더라구요.”

노인이 잠시 말을 끊고 앉은 사람들을 둘러보았다. 당신 말에 동의를 구하는 표정이었다.

"그래서요? 그 노인이 젊은 놈한테 당하기만 했어요?"

앉은 노인들이 다음 상황을 채근했다.

"당하긴요? 아, 이 노인이 목청을 더욱 크게 돋구더니 쩌렁쩌렁한 목소리로 '이 사람아, 우리는 뱃가죽이 등짝에 붙도록 굶어가면서 피를 토해가면서 일했다. 참혹한 전쟁 겪어 쌩고생하면서, 폐허 된 나라 복구시키려고 죽을 둥 살 둥 일해서 이 나라가 이만큼이나 살게 됐다. 자식들 굶기지 않고 공부 갈쳐서 이 나라 대들보 만들려고, 잘 살게 해줄라고 손끝이 닳아 지문이 없어질 정도로 일했다— 이제는, 공짜 차비 정도는 대접 받아도 된다. 젊은이 덕으로 대접받는 게 아니고 우리 늙은이들이 벌어 놓은 내 돈으로 사는 거다.' 라고 소리치더라구요. 전철 안 사람들이 모두 다 듣게끔 말입니다. 그러더니 우리 노인들 복창 후렴인 '당신은 평생 안 늙고 젊을 것 같으냐?' 면서 끝을 맺더라구요."

"바른 말 했네! 속 시원하게스리."

"맞어. 맞어. 우리는 우리가 번 돈으로 대접받는 게여!"

빼곡히 앉아있던 노인들이 환하게 웃으며 너도나도 한 마디씩 했다. 통쾌한 기분인 것 같았다.

선우노인은 당신이 회관에 도착하기 전부터 이날의 주제에 대해 그들끼리 토론이 되고 있었음을 파악하면서 잘 되었다는 생각을 한다. 어차피 첫 시간이라 상견례를 겸해 노인들의 현실적인 사고나 상황을 들어 앞으로의 강좌에 참고하려 했던 것인데, 이미 분위기가 조성되어 있었던 때문이다.

"그래서요? 전철 안 사람들의 반응은, 어떠하던 가요?"

선우노인이 밝은 표정으로 관심을 보이자 다른 노인들도 채근하듯 고개들을 끄덕였다.

"잘 물어보셨어요. 세상이 참말로 많이 변했더라구요. 도대체 사람들이, 관심들이 없었어요. 쩌렁쩌렁한 노인의 고함소리가 전철 안을 울릴 정도였는데 두서넛 장년들이 저들끼리 서로 마주보며 피식 웃을 뿐이고, 젊은 이들은 하나같이 스마트폰인가에서 눈을 떼지 않더라구요. 등산복 입은 청년 두세 명이 노인들을 흘끔흘끔 흘겨보면서 '자기들 먹고 살려고 애썼지 나라 위해 일했나?' 빈정거리다가 '자기들 안방인줄 아나봐? 하여간 이

나라 꼰대들 몰상식은 토픽감이야!' 라며 수군거리더라
구요. 그래서 바로 옆에서 듣고 있던 내가 '자기들 먹고
살기 위해 한눈 팔지 않고 개미처럼 일한 그것이 국력
이 된 것이고 나라가 부강케 된 것이지, 당신들이 일하
는 것도 마찬가지라고' 했지요. 그랬더니 그들은 더 대
꾸 없이 자기들끼리 계속 마주 보며 여전히 킬킬거리다
가 마침 전철이 멈추자 내려 버리더라구요. 이날의 소란
을 좋아하는 사람들은 노인석에 버티고 앉은 여섯 명의
노인들과 나뿐이었다구요."

노인들이 웅성거리기 시작했다. 옆의 사람들과 고개
들을 끄덕거리며 세상이 확실히 변했다는 사실을 주고
받는 것 같았다.

처음 발언했던 노인이 다시 일어났다. 이번에는 전혀
사투리를 섞지 않았다.

"그러니까 세상은 경로사상 같은 거는 진작에 없어졌
고, 멸시나 괄시를 받지 않으면 다행일 정도로 노인들에
게 결코 동조적이지 못하다는 거 아닙니까. 어쨌거나 지
금 세상은, 모두가 잘 살게 된 데다 의학이 발달되어 백
세 장수도 코앞이고, 아프지 않고 오래 살고 싶음은 인
간의 본성이고 이상이지 죄는 아니라 이 말입니다. 우리

노인들, 위축되지 말라는 말입니다. 누구에게도 내가 오래 살아서 미안할 이유가 천만에 없다는 것입니다. 노인들도 걸핏하면 '나도 노인이지만 노인들이 너무 많아… 죽지들 않아… 지겨워…' 하며 투덜거리기도 하는데 노인 많은 것이 지겨우면 자기라도 빨리 죽으라구요. 걸핏하면 내뱉는 '빨리 죽고 싶다'는 새빨간 거짓말도 하지 말라구요. 그렇게 말한다고 아무도 당신을 동정하거나 훌륭하다고 생각하지 않는다구요. 괜히 속에 없는 말 주절거리고 노인이 노인 타박하는 말은, 스스로 자기비하를 하는 행위이고, 노인 무시하는 젊은이들의 기를 살려주는 것이니 만큼 삼가야 한다 이 말입니다. 당당하라구요. 아프지 않고 좋은 세상 오래 사는 것은 내 꿈과 희망이 이루어진 것이니, 즐기라구요. 우주의 섭리에 의하면, 우리의 평생은 찰나이고 딱 한 번만 주어지는 삶이라구요. 하루하루를 억만금의 보물보다 더 소중하게 아끼고 즐기라구요! 숨 끊어지면, 내 삶의 모든 것은 순간으로 끝나지요. 그것 뿐이라구."

"옳소! 옳소—"

이구석 저구석에서 동조하는 소리가 터져나왔다. 회관 안은 실바람으로 두런거리던 숲이 드디어 큰 바람을 일으키듯 술렁거리기 시작했다.

강단에 선 채 노인들의 반응을 세밀히 지켜보던 선우 노인은 시종 고개를 끄덕이며 웃음을 머금었다. 자연스럽게 만들어진 고령자들의 토론장이 된 분위기를 거듭 만족스러워하면서 계속 이어가는 편이 유익하겠다는 생각을 다진다. 첫 시간에 상대의 심중을 꿰뚫어 볼 수 있다는 것은 앞으로의 강좌에 실질적인 도움이 되기 때문이었다.

그는 후렴을 넣듯 노인의 말에 다시 적극적으로 동조한다.

"그럼요, 어른신 말씀 옳습니다! 하루를 억만금처럼 보듬고 즐겁게 살아야지요. 건강하게 가능한 오래오래 말씀입니다!"

그러자 단상 바로 아래에 앉았던 여성 노인이 혼잣말처럼 중얼거렸다.

"너무 오래 사는 것도 과욕이고 죕니다. 적당히 살다 가야지요…" 했다.

선우노인은 그 여성어른의 말을 또한 놓치지 않았다. 소리가 크지 않아 주변의 너댓 사람 외는 듣지 못한 듯 싶어 다시 큰 소리로 되들려 준다.

"지금은 백세시대라고 사람들은 입 모아 말합니다. 의학의 발달로 백세를 넘기고도 기십 년을 더 살 수도 있다고 합니다. 그런데, 어르신의 말씀처럼 건강하게 오래 사는 것도 정말 과욕이고 하물며 죄일까요? 여러분들의 적나라한 의견을 들어보았으면 좋겠군요."

앞서 부풀어 올랐던 실내의 분위기는 다시 고즈넉이 가라앉았다. 새로운 과제를 받은 듯 노인들은 조용한 표정이 되면서 선우강사의 얼굴을 쳐다보았다. 생각해 보는 듯싶었다. 그러다가 복도켠으로 자리한 베레모를 쓴 70대 후반쯤의 노인이 발언권을 달라는 듯 손을 들며 자리에서 일어났다.

"죄라고는 할 수 없지만 욕심이라고는 볼 수 있지요. 옷에 분변칠하면서 식솔들에게 고통을 주는 신세가 되면 비참해서 어떻게 살지요? 건강하다 해도, 백살을 살겠다는 것은 과욕인 것 같아요."

그는 주변의 노인들을 돌아보며 동의를 구하듯 했다. 그러자 옆에 앉은, 비슷한 연령으로 보이는 두 노인네도 고개를 끄덕였다. 일행인 듯 다른 노인들에 비해 옷차림이며 점잖은 표정이며 흰 살갗이며가 비교적 세련되고 여유스러워 보이는 층이었다.

누군가 이들에 맞서 반대의견을 피력할 것 같은데 한동안 반응이 없었다.

"그러면, 어르신께서는 백 살을 사는 것은 과욕이므로 백 살이 되기 전에 자신의 마지막 정리를 스스로 하실 생각이십니까? 예를 들어 백 살을 턱 밑에 두고 병이 들어도 치료를 거절하거나 생명을 연장시킬 수 있는 의료시설도 거절하시겠다는 것입니까?"

선우노인의 표정은 부드러웠다.

실내의 분위기는 더욱 조용해졌다. 베레모의 노인이 특이하게 바른쪽 어깨를 으쓱 한 번 올리며 말을 이었다.

"아프지 않고 백 살까지 살아지면야 일부러 명줄을 끊을 수는 없지만, 그러나 죽을 병이 들면 살겠다고 발악하지는 않겠다는 것이지요. 물론 생명연장시설을 안 할 것입니다. 자연사 할 것입니다. 그리고 사후에는 시신을 대학병원에 기증할 것입니다. 만약 뇌사상태가 되면 신장이나 각막 등 필요한 장기들은 모두 이식이 필요한 사람들에게 기증할 것입니다. 썩어질 몸뚱이, 그렇게 사회에 내놓고 조용히 아름답게 스러질 생각을 하고 있습니다!"

베레모 노인의 음성은 높지 않으면서도 설득력이 있었

다. 노인들의 표정이 각양각색으로 변했다. 고개를 크게 주억거리며 훌륭한 생각이라고 엄지를 세워 동조를 하는 노인이 있는가 하면 냉소하듯 옆사람하고 수군거리는 이도 있고 이해할 수 없다는 뜨아한 낯빛을 짓는 노인도 있었다.

처음부터 베레모 노인의 의견에 찬동을 표하던 역시 세련된 차림의 두 노인이 동시에 당신들도 그러한 생각을 갖고 있으며 이는 후손들에게 보여줄 어른들의 도리라고 했다. 아름답고 훌륭한 노인들의 '마지막 정리'의 모습이라고도 했다. 그러자 여기저기서 박수를 치기도 했다.

더 이상 반론이나 이견이 나올 것 같지 않았다.

회관에 가득 찬 어림잡아 2백여 명은 될 듯한 노인들의 분위기는 베레모 일행의 '죽을 병 들어도 더 살려 하지 않고 장기기증과 사체기증까지 하는 아름답고 훌륭한 마지막 정리'의 실천이 너도나도의 뜻이고 꿈이고 희망이듯 연신 고개를 크게 끄덕거리기도 했다.

누군가 이들에 맞서 반대의견을 피력할 것 같은데 한동안 반응이 없었다. 선우노인이 말을 이었다.

"그럼 여기 계신 어르신들은 중병이 들어도 약 처방이

나 수술도 거절하고 마지막 의료수단인 인공심폐기나 영양수액 등의 처치도 일절 사양하시고 오로지 자연사 하시겠다는 생각들이신 모양이지요?" 하고 상황을 요약하여 확인하듯 물어 본다.

그때였다. 베레모 노인의 말을 처음부터 비웃듯 옆사람과 킬킬거리던 창켠의 노인이 마치 더는 못 참겠다는 듯 자리에서 벌떡 일어났다. 앉은 모습으로는 도무지 알 수 없었던 땅딸막한 작은 키의 노인이었다. 그러나 운동이나 노동 혹은 농사를 지었던 사람처럼 어깨는 넓고 앞가슴이 유난히 앞으로 도드라져 암팡져 보였다.

"글씨요, 나는 아니구만요, 나는 오래오래 백 살 넘도록 살고 싶거덩요. 수단방법 가리지 않고 오래만 살 수 있으면 무슨 짓인들 다 해서라도 죽지 않고 살고 싶거덩요. 우짜다 이 좋은 세상에 한 번 태어났는데, 뭣 땜에 누구를 위해서 병들어도 약도 안 묵고 죽을 날만 기다린다 말입니까? 죽을 병에 걸려서, 말기 암 환자로 어떤 방법으로도 살아날 수 없는 병에 걸렸다 해도, 식물인간이 되어 인공호흡을 해야 숨을 쉰다 해도 나는 이 세상에서 하루라도 더 살고 싶다는 말이지요. 그런데, 죽을 병이 생기면 모든 투약과 시술을 거부한다구요? 샛빨간 거짓말하지 말라구요. 죽는 건 이차 문제고 당장 온몸이 찢어질 듯 아픈데, 고통으로 하늘이 노오래지는데, 오래 안 살려고 참아요? 아무리 훌륭한 일, 아름다운 일에 중독된 사람이라 해도 부닥치면 살려달라 발작할 것인데, 지금 아프지 않은 몸이라고 그런 허세를 부립니까? 그리고 내 장기를 왜 남에게 떼어 줍니까? 죽은 몸뚱이 전부도 대학병원 시체해부실에 기증한다구요? 사람이 죽고 사는 것은, 제 운명일 뿐인데, 그리고 어차피 죽지 않을 사람 있나요? 다른 사람 조금 더 살리자고 하나뿐인 제 몸뚱이를 난자질시키냐구요. 나는 죽어서라도 내 몸뚱이 훼손시키지 않을겁니다. 두 번 죽지 않아요. 곱게 흙 속에서 흙으로 썩어지고 싶거덩요."

어깨가 강건하고 앙바틈한 노인이 마치 목에까지 차오른 말을 토해내듯 단숨에 말하곤 의자에 털썩 앉았다.

실내의 분위기가 또 다시 술렁거려졌다. 베레모 노인의 반응보다 고개를 끄덕이는 사람들이 더 많아지고 희희낙락 터놓고 웃어대는 사람도 손뼉을 치는 사람들도 있었다. '맞소! 맞소!' 소리치는 사람도 있고, "그래도 너무했다. 세상에 자기밖에 없구만, 함께 사는 세상 자손도 이웃도 도우면서 서로서로 더불어 살면 될 텐데" 하는 여성 노인도 있었다. 염주를 습관처럼 손으로 굴리고 있던 후더분한 인상의 할머니가 혼잣말처럼 중얼거리는 뒷말이 마른 나뭇잎을 밟는 듯한 소란스러움을 가라앉게 했다.

여성노인의 낮은 음성을 제대로 들은 사람은 실제 많지 않았지만 그러나 여성노인의 근거리에 앉아있던 여느 앙바틈한 남자노인이 반사적으로 다시 몸을 일으켰다.

"할머니는, 남을 위해서 무슨 일을 하셨습니까? 그래, 할머니는 자손들을 위해서 백 살에 가까우면 아파도 약을 먹지 않고 그냥 죽어 주겠습니까? 나는 어차피 죽어 썩어질 테니 숨통 미처 끊어지기 전에, 내 몸속의 내장들을 떼서 남을 주겠습니까? 당신의 몸뚱이를 의과대학 해부학 연구실의 프로말린 탱크에 절였다가 판대기에 올려 갈기갈기 뜯겨지고 칼로 난자 당하겠습니까. 괜히 진짜 자기 속 마음하고 다른 말을 하시믄 안되지요―"

그러자 할머니가 발끈했다.

"남의 속을 어찌 안다고 그리도 섬뜩한 말을 하나요? 얼마나 많은 사람들이 장기를 기증하고 있는데, 숨도 끊어지기 전에 장기를 떼 낸다니, 참말로 몹쓸 사람이네… 나 원, 저리도 독한 사람이니 자기밖에 모르제…"

그러나 앙바틈한 남성노인도 지지 않았다.

"할머니, 장기는 조금이라도 살아 있을 때 남에게 떼 주어야 그것이 다른 몸에 가서 살아납니다. 그래서 몸뚱이는 살아있고 머리만 죽은 뇌사상태에서, 그러니까 신체 전부가 죽지 않았지만, 뇌사를 죽음으로 법으로 만들지 않은 옛날 같으면 아직도 살아있는 몸인데, 그것들을 떼어냄으로써 완전히 숨을 끊게 한다는 것입니다. 아직도 무슨 말인지 모르겠습니까? 그래서 할머니는 오래 살면 자손들에게 미안해서 병들어도 약도 안 먹고 숨도 끊어지기 전에 내 뱃속 내장들과 눈알까지 모두 도려내 주고 꼴까닥 숨 끊을랍니까?"

할머니가 얼굴을 찌푸리고 상체를 진저리 치듯 부르르 떨었다.

"저런, 저런 저 영감 말뽄새 보게. 세상에 모두 자기같이 인정머리 없고 이기적이고 표독스런 사람만 사는 줄 아는 모양일세. 얼마나 숭고한 정신의 사람들이 많은데 남을 위해 희생하고 봉사하면서 덕을 쌓고 세상을 아름답게 만드는 선인들이 얼마나 많은데…. 썩어질 몸, 내장기 하나로 다른 사람이 살 수 있고 또한 그 장기가 다른 사람 몸에 가서 살아있으면 부분이나마 내 몸이 더 살아있을 수도 있는 것이고, 선행으로 복을 짓는 사람들이 얼마나 많은데… 모두가 척박하고 독한 당신같은 줄 아나봐…"

앙바틈한 노인이 빙긋 웃었다. 그러나 눈빛은 날카로웠다.

"할머니는, 그렇게 선행하십시오. 그런데요 할머니, 신문이나 TV에서 자식의 장기가 남의 몸에서 살아있을 것을 위안삼아 부모가 자식 장기를 절제하도록, 모든 생명연장시설을 떼게 하는 것을 보셨지요? 자식의 생명줄을 감히 끊도록 허락하는 그게 진정 올바른 선행일까요? 사람은 누구도 남의 생명을 단절시킬 권리는 천만에 없거든요. 자식도 부모도 말입니다. 그런데…"

그때였다. 강당의 중앙부에 앉아있던 비만형의 노인이 '맞소' 하며 자리에서 일어났다. 목소리가 유달리 우렁차고 커서인지 사람들의 시선이 일제히 그 노인에게 쏠렸다.

"맞는 말씀요! 티비에서 드라마 연출을 하듯 부모와 가족들이 울며불며 자식에게 걸려진 생명연장 줄을 떼내고, 수술장으로 보내는 것을 본 적이 있어요. 마치 성스러운 행위를 치르듯 분위기를 잡습디다마는, 그게 뭘

니까. 살인행위 아닙니까요? 그렇지요. 부모가, 말은 못 하지만 아직도 숨이 붙어 있는 자식의 생명을 끊을 권리가 있느냐구요. 마찬가지로 자식도 부모의 생명연장 줄을 제거할 권리는 없다 이겁니다. 그런데 말입니다. 요즘 대학병원에 가면 중증환자나 말기환자에게 장치되어 있는 인공호흡기와 심폐기 등을 보호자인 가족들이 제거해 줄 것을 요구하면, 병원에서 그렇게 해준다구요. 이게 뭡니까, 본인의 의사는 상관없다 이겁니다. 합법화 되어 있지는 않지만 곧 합법화 되겠지만요, 부모의 생명을 자식이 좌지우지 한다는 것입니다. 이게 말이 되느냐 말입니다."

그러자 단상 가까이에 앉은 노인이 앉은 채 말을 받았다.

"예전에는 죽을 병이라고 진단이 내려지면 객사시키지 않는다는 이유로 입원도 시키지 않고 바로 집으로 데려가기도 했어요. 낫지도 않을 병, 돈만 처넣고 환자를 더 고생만 시킨다고 말입니다. 내가 아는 어떤 자식은 부모 병원비로 살던 집까지 없앴지만 결국 부모는 죽고, 지하 월세방으로 전전하는 사람도 있는데 그것도 참 딱하더라구요."

여러 노인들이 또 다시 고개들을 주억거렸다. 선우노인은 이쯤에서 자유토론의 장을 마무리해야 되겠다는 생각을 한다. 단상 위 마이크를 조절하면서 여러 어르신들의 말씀이 모두 옳다고 우선 결론 부분부터 말한다.

"우리의 생명은 억만금보다 더 소중합니다. 그리고 우리가 이 찬란한 세상에 태어났음은 축복이고 조물주의 선택입니다. 따라서 조물주의 은혜를 받은 소중한 나의 생명은 스스로 철저히 관리하여 건강하게 오래오래 즐겁게 장수하셔야 합니다. 무엇보다 자신의 생명이 나 아닌 타인에 의해 훼손되어서는 천만에 아니 되겠지요. 그래서 저는 여러분에게 지금 정신 선명하시고 몸 건강하실 때 내 마지막 길의 나의 의사를 분명히 해두시는 것은 좋다고 생각합니다. 중병으로 시한부 판정을 받았을 때, 생명연장시술을 받을 것인지 아닌지를 내가 분명히 밝혀두시면, 자칫 내 의사와는 다른 억울한 경우를 당하지 않을 수도 있기 때문입니다. 그런데, 대부분의 어른들은 지금처럼 건강하실 때는 하나같이 무리스런 연장시술을 받지 않겠다고 90% 이상이 말씀들 하시는데, 정작 병원에 입원을 하게 되면 10명 중 10명이 하나같이 어떤 방법을 다 동원하드라도 살려만 달라고 의사에게 간절히 부탁한답니다. 아마 그것이 본인의 진정한 속마음이겠지요."

"맞습니다! 사람들의 본성은 무조건 건강하게 오래 살고 싶음이 정답이라니까요. 괜히 어쩌고저쩌고 그건 본성이 아니고 정신적 허영이라니까…"

앙바틈한 노인이 앉은 자리에서 혼자 결론짓듯 덧붙였다. 선우노인이 웃음을 머금었다.

"그렇습니다. 우리 노인들의 대부분의 생각은 나머지 삶을 즐겁게 건강하게 오래 살고 싶은 것입니다. 다만 가족을 비롯한 타인에게 피해를 주지 않으면서 행복하게 살 수 있는 방법이 무엇인지가 주요쟁점이 될 것이고, 앞으로 여러분들과 함께 연구해 보려고 합니다. 파고다 공원이나 종로3가 지하철 역 각 지역의 노인회관 등에 가면 온종일 백수로 어슬렁거리거나 무료급식소 앞에 우두커니 줄 서 있는 노인들을 봅니다. 젊은 사람들 눈에 비춰지는 이분들의 모습이 쓸모없는 잉여인간처럼 보일 수도 있을 거예요. 제가 드리고 싶은 말씀은, 무슨 일이든, 할 수 있는 일이 있으면 손수 일을 하자는 것입니다. 도시에서도 살펴보면 자원봉사에서부터 작더라도 수입이 될 수 있는 일들이 반드시 있을 것입니다.

하고자 하는 적극적인 관심과 뜨거운 의욕이 문제라는 것이지요. 잘 관리하면 30년 이상의 삶이 남았는데 매일을 백수로 어슬렁거리기에는 너무 억울하지 않겠습니까? 시골에 가면, 노인이 소일삼아 할 수 있는 일이 얼마든지 산적해 있지 않습니까. 몸을 끊임없이 움직이는 일은 바로 장수의 지름길이라는 걸, 흐르는 물은 결코 썩지 않듯이 움직이는 몸은 병들지 않는다는 엄연한 진실을, 왜 모두 잊고 있는 지 안타까울 때가 있어요."

"그렇소, 맞소! 폭주하는 노령인구의 해결책이 바로 나왔네! 일합시다! 일합시다! 흐르는 물은 썩지 않고 움직이는 몸은 병들지 않습니다. 그것이 바로 우리가 살 길이요! 더 오래 살 길이요!"

선우노인의 말이 끝나기 무섭게 앙바틈한 노인이 두 팔을 번쩍 들고 일어나 선 자리에서 빙빙 돌며 소리쳤다. 박수소리가 터졌다. 더이상의 반론을 제기하는 까탈스런 노인도 없었다. 어쨌든 좋은 게 좋은 것 아니냐는 무리를 따라가는 일상의 무력한 노인들로 모두 돌아가 있었다.

그날 밤. 자정이 다 되었을 무렵이었다. 바깥의 소란

스런 기척에 눈이 떠진 선우노인은, 둘째 아들이 이날 부산으로 내려가지 않고 만취하여 다시 집으로 온 것을 알 수 있었다.

아침에 친구를 만나보고 내려간다더니, 종일 술타령을 한 것인지 답답한 생각이 들었으나 마침 이날이 공휴일이어서 학교 출근에는 문제가 없을 것이라 안심했다.

그런데 둘째의 언성이 높았다. 거실에서 지르는 소리인지 2층의 서재 방으로 둘째의 취한 음성이 고스란히 파고들었다.

"형수니임— 그러시면 안되지요. 어머니의 유품은, 그것이 구리반지 하나라 해도 민우 에미와 의논해서 나누어야 되는 거 아니예요. 민우어미가 하나뿐인 동서고, 형수님처럼 당당한 이집 며느리인데 말예요. 그리고 우리 어머니는 구리반지가 아니라 금비녀 금반지 금목골이 금팔찌 금열쇠 등 금붙이가 많았어요. 학교 재직시에 교육청으로부터 상도 받고 환갑 때 스승의 날 때 제자들로부터도 선물 받은 것이 거의 금붙이였어요. 우리 어머니는 금매니아일 정도로 금을 사랑하셨거든요. 그런데, 그 유품들, 우리 어머니가 형수님에게만 내림가보로 물려 주셨다구요? 우리 어머니, 그러실 분 아니라구요, 할머니께서 물려주신 닷 돈짜리 쌍가락지는 물림인 걸 알아요. 하지만 기타는 아니거든요. 그런데, 형수님이 몽땅 어머니 유품을 다 가져요? 이건, 이건 말이 아니지요
—"

큰아들의 소리를 죽인 말이 이어졌다.

"아버지 주무셔, 밤중에 술 마시고 와서 웬 행패야? 내일 아침, 술깨고 이야기 하자. 어서 들어가, 어서 들어가 자라구."

"놔요, 놔— 나, 아버지께도 드릴 말 많아— 큰아들만 아들이고 둘째는 자식 아니냐고 묻고 싶어—"

선우노인은 상체를 일으켜 앉았다가 한숨과 함께 다시 드러눕는다.

못들은 척 참섭을 하지 않는 것이 조용해질 것 같았던 것이다. 실제 둘째에게 도움 될 할 말도 없었지만 형에게 떠밀려 방안으로 들어갔는지 둘째의 소리도 점점 멀어졌다. 노인의 잠은 천리만리 달아나 버렸다. 크게 중요하게 생각하지 않았던 문제가 새삼 커다랗게 다가옴에 가슴이 무거워졌다. 둘째아들과 둘째며느리의 응어리진 마음이 그대로 여과 없이 그의 가슴으로 전달되어 왔던 것이다. 시어머니 첫 제사에 불참한 둘째며느리의

마음이 비로소 헤아려졌지만, 아는 척 하지 않기로 그러나 어떤 형태로든 어루만져 주어야 하겠다는 생각을 한다.

작년, 아내의 장례식을 치르고 삼우제三虞祭가 끝난 날이었다. 묘소에서 돌아오자 큰며느리가 선우노인에게 "어머니가 돌아가시기 전에 집안의 내림보물 쌍가락지와 몇 점의 패물을 주시며 장손의 내자內者에게 잘 물려주도록 당부하셨다"고 말한 적이 있었다. 그때 노인이 언제 그것들을 전해 주었냐고 물었을 때 사고 당하기 한 달 전쯤에 어머님이 자기를 불러 안겨주었다고 했었다.

그러나 노인은 아내가 사고 나기 사흘 전에도 외출 시 걸었던 금목걸이를 수건으로 닦아 패물함에 넣는 것을 본 적이 있어, 바로 삼우제를 지내던 날 가족이 묘소로 간 후 집에 남았던 큰 며느리가 아내의 장롱 속에서 보석함을 꺼냈으리라 생각했다. 그러나 무안스러워할 큰 며느리를 생각해서 더는 따지거나 확인하지 않았고, 실제 닷 돈짜리 쌍가락지는 내림보석이라 접어 넘어가려 했었다. 다만 당신의 40년 학교생활에서 받았던 금붙이들도 아내가 함께 관리했던 터라, 수십 냥은 될 것이라 헤아려졌고 바로 현금처럼 사용할 수 있는 것이어서 아깝다는 생각은 했었다. 그러나 그 모든 금붙이가 큰며느리에게 다 넘겨져 작은며느리가 섭섭하겠다는 생각을 그때는 한 적이 없었다.

그런데 일 년 만에 그 문제가 둘째의 원성에 의해 두드러짐에 안타까웠지만 그렇다고 새삼 큰며느리에게 금붙이 일부를 둘째에게 나누어 주라는 말을 하기가 쉽지는 않았다. 왜냐하면 아직도 사업부도의 후유증이 남아 있어 큰며느리가 금붙이를 소지하고 있을 것이란 생각을 하지 않았고, 오히려 새삼 건드려서 큰아들의 어려운 상황을 시시콜콜 다시 듣게 될 수도 있다는 우려가 그를 머뭇거리게 했다.

둘째가 건넌방에서 비로소 잠이 든 모양인지 아래층이 조용해졌다.

선우노인은 새벽녘까지 잠을 들이지 못하고 뒤챘다.

공장과 아파트가 빚에 넘어가고도 아직도 부채가 남은 듯한 큰아들의 우울한 낯빛과 어머니의 유품 한 점 받지 못해 섭해하는 둘째내외의 상한 심정이 바로 자신의 아픔이고 부담으로 편치 않았던 것이다. 새벽녘에 잠시 잠들었다 일곱 시경에 눈을 떴다.

바른쪽 다리에 쥐가 나면서 통증이 심했다. 바른 자세

로 곱게 잘 잔 날 아침에도 가끔 종아리께가 뻗질러지면 순간적으로 병원을 떠올리지만 통증이 없어지면 그런대로 그냥 지내왔던 것이데, 이제는 더 무심할 수 없겠다는 생각을 한다.

선우노인은 아래층 주방으로 내려가 냉수 한 컵을 들이키곤, 장식장 속의 꿀병을 꺼내 식탁 위에 내려놓는다. 며느리가 일어나면 둘째에게 속풀이 꿀물을 타주기를 원해서였다.

뜰로 내려섰다. 담장 가상자리의 정원수들이 연초록 잎새를 물고 그를 반기는 듯했다. 노인은 잔디밭 가운데로 진입하면서 뻐근한 어깨를 풀기 위해 팔 돌리기를 시작한다. 통증은 사라졌지만 완전히 풀리지 아니한 바른쪽 다리도 휘둘러 본다. 그때였다.

"아버지— 그렇게 오래 살고 싶으세요—"

등 뒤에서 비아냥거리는 듯한 그러나 발음이 분명치 않은 둘째아들의 소리가 났다. 선우노인은 우뚝 멈추어서며 돌아본다. 등골에 서늘한 기운이 쩌르르 흘러내림을 느끼면서 우선 큰 소리로 응대한다.

"그래! 백 살 넘어 살려고 체조한다! 왜, 안 돼냐—"

"그, 그러십시오. 누, 누가 뭐랍니까?"

아들은 감나무 아래로 비틀대며 가더니 바지춤을 비집어 오줌을 깔긴다.

"쟤가, 쟤가…, 쌩오줌은 독한데… 거기다 알콜까지 섞였으니, 감나무 춤추겠다. 도대체 얼마나 마셨으면 아침까지 작취미상이냐… 들어가자. 내가 꿀물 타 줄테니"

"아, 아니요. 아버지가 무슨…… 그런데, 아, 아버지. 나도 말예요. 형처럼 이 집에 들어오면 안 돼요? 서울로… 전근이 될 것 같거든요…"

아들이 바지춤의 앞단추를 느릿느릿 꿰며 비틀거리더니 바른손으로 감나무를 붙잡는다.

"오냐! 환영이다. 들어오너라! 네 어머니 묵던 2층 큰 방 비었잖냐. 민구는 나랑 서재에서 자면 되고, 좋다! 나는 대환영이다!"

"아, 알았어요…"

아들이 먼저 집 안으로 들어갔다. 선우노인은 뒷짐을 지고 잔디마당의 부드러운 흙을 힘주어 밟는다. 초등학교 교사인 둘째가 본가로 들어오고자 하는 이면에는 전근 때문만이 아닐 것이었다. 부모의 유일한 재산인 마당 넓은 집 한 채가 형에게로 통째로 상속 될 것을 우려하는 마음도 없지 않으리라 싶었다. 생각해보면 아내나 자신이 큰아들이 사업을 시작하고 부도가 날 때까지 쏟았던 정성에 비하면 둘째에게는 결혼 후 단 한 번의 도움도 준 적이 없었기에(요구한 적도 없었지만) 이날 아침따라 그것이 마음에 집혔다. 더욱이 아내와 당신의 유품인 적지 않은 금붙이들조차 큰며느리의 소유로 넘어갔음이니, 둘째를 향한 노인의 안타까움은 더했다.

천성이 밝고 선량한 둘째의 '그렇게도 오래 살고 싶으냐' 소리는 작취미상의 혼미한 시선 안에 팔다리를 흔들대는 늙은 아비의 모습이 안스러워서 그저 해본 소리일 것이라고 노인은 믿고 싶었다. 실제 그렇게 믿었다. 그런데 왜 둘째가 그렇게 말했을 때 등골로 찬 기운이 쩌르르 뻗쳐저 올랐던 것인지. 둘째의 심층바닥에 도사린 아비에 대한 부담스런 속마음의 분출이라는 생각이 동시에 떠올랐던 것인지. 노인은 경미한 현기증을 느낀다. 결코 미루어 헤아리고 싶지 않은 '그냥 적당히 살다 빨리 좀 가시지…' 하는 메시지는 천만에 아니고 그냥 속뼈 없이 무심히 던진 일상적 언동일 가능성이 짙다는 것으로 선우노인은 애써 생각을 모두어 보려 한다.

문득, 아침녘 자식들의 "저런 경우, 열린 마음의 우리 아버지 같으면 어찌 할까" 주고받던 내용이 바로 생명연장시설의 제거에 대한 내용이 아니었을까 떠올려 본다. 더욱이 둘째가 형에게 길게 의문의 말을 꺼냈었다. 다시 한 번 등줄기에 서늘한 찬 기운이 뻗지르면서 모골이 송연해지는 느낌을 받는다.

노인은 첨예스럴 만큼 위축되어 있는 자신에 분노를 느끼면서 서서히 멈추어 선다. 그리고 혼잣소리로 뇌까린다.

"그래, 알고 싶으냐? 나는 백 살까지 살 테다. 삼십 년은 더 살 테니 신경들 끄라…. 죽을 병 걸리면, 내 연금 이어줄 착하고 성실한 간병인 구해서, 호스피스 병동으로 옮길 것이다. 인공심폐기도 시설하지 않고 수액도 영양주사도 맞지 않고, 극심한 통증 오면 진통제 용량 상관없이 놓아주는 조건의 간병인과, 더는 버틸 수 없을 때까지 내 옆에서 나를 지켜주고 배웅해 줄 따뜻한 사람 옆에서… 그렇게 종료할 것이다."

그는 혼잣말을 끝내고 하늘을 쳐다본다.

실제 그 말이 당신의 진심인지 아닌지 불확실하다. 닥쳐봐야 알 것도 같으다.

발밑의 잔디밭이 밟기에 부드럽고 푸근한 것이 심란한 마음을 편하게 만드는 역할을 했다. 연초록 잎새들도 서러운 마음을 위무하듯 아침 바람에 살랑거렸다.

그는 문득, 자식들로부터 자유스러워지고 싶다는 생각을 떠올린다. 순간적인 그 발상은 금세 잎을 틔우고 꽃을 달고 열매를 맺는 한 그루 수목으로 숲으로 번성하면서 노인은 비로소 가슴이 활짝 트여짐을 느낀다.

그날로부터 한 달 후, 선우노인은 유일한 노후 재산인 대지 1백 80평 건평 60평의 단독주택을 두 아들 앞으로 증여했다. 그러나 아내와 심혈을 기울여 일궈놓은 이승의 흔적이 쉽사리 허물어지지 않도록 선우노인 당신의 이름으로 가등기도 함께 했다.

〈終〉

인생

人生

김지연 단편소설집

2판 2쇄 인쇄 : 2015. 12. 02
2판 2쇄 발행 : 2015. 12. 15
지은이 : 김지연
펴낸이 : 노용제
펴낸곳 : 정은출판
주 소 : 서울특별시 중구 창경궁로 1길 29 (3F)
전 화 : 02-2272-9280
팩 스 : 02-2277-1350
이메일 : rossjw@hanmail.net
ISBN 978-89-5824-260-4 (03810)

정가 10,000원